KB123691

로크미디어가
유혹하는
재미있는 세상

ROK
MEDIA
로크미디어

달빛 조각사 53

2018년 10월 4일 초판 1쇄 인쇄
2018년 10월 10일 초판 1쇄 발행

지은이 남희성
발행인 이종주

기획 팀 이기헌 왕소현 박경무 이승제
책임 편집 이세종

발행처 (주)로크미디어
출판등록 2003년 3월 24일
주소 서울시 마포구 성암로 330 DMC첨단산업센터 3층 318호, 319호
Tel (02)3273-5135 Fax (02)3273-5134
홈페이지 rokmedia.com E-mail rokmedia@empas.com

ⓒ 남희성, 2007

값 8,000원

ISBN 979-11-294-0980-5 (53권)
ISBN 978-89-5857-902-1 04810 (세트)

달빛 조각사

53

남희성 게임 판타지 소설

로크미디어

차례

블랙 드래곤

가르나프 평원에서 벌어진 아르펜 왕국과 하벤 제국의 전쟁!

불타는 유성 소환에 알킨 병, 언데드까지 출현한 전투의 막이 서서히 내려졌다.

위드가 바드레이를 물리쳤지만, 그다음에 등장한 것은 블랙 드래곤이었다.

드워프의 왕국 토르를 서식지로 하던 악룡 케이베른이 등장한 것이다.

칠흑처럼 시커멓고 거대한 육체를 자랑하며 하늘을 날아와 포효했다.

-쿠오오오와아아아아!

악룡 케이베른이 뿜어낸 흑색의 브레스가 하벤 제국, 검치와 사막 전사들, 중앙 대륙 유저들을 가리지 않고 휩쓸었다.

－아이고. 이게 무슨 난리냐.

위드는 날갯짓을 하며 하늘로 날아올랐다.

죽음을 거부할 수 있는 힘에 의해 다시 태어난 본 드래곤!

과거에도 본 드래곤으로 살아난 적이 있었지만, 레벨이 낮아 비실대는 몸을 가지고 있었다. 지금은 한창때의 청년처럼 날갯짓을 하며 신속하게 하늘로 떠올랐다.

쿠르르르르.

케이베른의 브레스에 대지가 거품을 내며 녹아들고 있었다.

강력한 독가스가 뿜어지면서 가르나프 평원에 협곡이라고 부를 수 있을 정도로 깊고 두터운 고랑이 파였다.

"크억!"

"와!"

"이, 이거 뭐야. 나 감염됐어."

브레스의 반경 400미터 내에 있던 유저들이 일제히 땅에 쓰러지는 것도 장관이었다.

워낙 많은 유저들이 밀집되어 있었기에 중독된 숫자만 하더라도 10만은 족히 넘었다.

중앙 대륙 유저나 사막 전사들만이 아니라, 헤르메스 길드원들도 악룡 케이베른의 브레스에 휘말려서 무수히 목숨을 잃었다.

"완전 세네. 걸리면 뼈도 못 추리겠어."

웬만한 지역에서는 절대 강자로 군림할 수 있는 본 드래곤이지만 주눅이 들 수밖에 없는 광경이었다.

그리고…….

하늘로 날아오른 위드를 케이베른이 노려봤다.

─크우오오와……!

다소 거리가 있긴 했으나 드래곤의 덩치와 속도를 감안하면 안전하지 않았다.

당장 도망이야 칠 수 있겠지만, 비행 속도에서 드래곤을 뿌리치기 어렵다.

'나를 아주 싫어할 거야.'

자존심 강한 드래곤들은 타락하고 오염된 본 드래곤을 본능적으로 혐오한다.

'하필이면…….'

왜 이 마당에 본 드래곤으로 되살아났단 말인가!

─추잡스러운 녀석이 있군.

그러나 뜻밖에 악룡 케이베른은 하늘을 날고 있는 위드를 보고도 한마디 내뱉고 말 뿐이었다.

그의 관심은 오로지 지상을 향해 있었다.

위드는 그 이유를 대략이나마 알 것 같았다.

'케이베른의 분노가 인간을 향해 있다.'

드래곤의 알이 깨지자, 인간을 멸망시키고자 하는 케이베른!

영상으로도 퀘스트의 발생이 나왔었지만, 도시를 파괴하고 인간들을 학살하려고 한다.

본 드래곤도 싫어하긴 하지만 지금으로서는 인간들에 비해 우선순위가 밀린 것이다.

"이런… 망할!"

아크힘은 하늘을 올려다보며 거대한 드래곤 케이베른의 모습에 절망에 빠졌다.

"하필이면 지금 이곳으로 오다니. 5분만, 아니 3분만 시간이 더 있었더라도 무사히 빠져나갔을 텐데."

수십만의 병력.

헤르메스 길드의 최정예 유저들이 남아 있긴 하지만, 그래도 상대는 드래곤이다. 후방에는 그들을 지긋지긋하게 추적해 오는 중앙 대륙 유저들도 있지 않던가.

-너희를 징벌하리라!

악룡 케이베른의 비늘이 지상으로 우수수 떨어졌다.

땅에 파묻힌 후 씨앗이 자라나듯이 성장하더니, 금세 도마뱀의 얼굴을 한 용아병이 되었다.

용아병들이 쇠를 긁는 듯한 쉰 목소리로 말했다.

"위대한 드래곤 케이베른 님의 뜻에 따라 적들을 공격한다. 남김없이 말살하라."

"옛!"

3,000마리의 용아병이 대지를 달리며 대대적으로 진격을 개시했다.

창과 도끼, 대검, 망치 등의 대형 무기를 든 용아병 부대였다.

"어쩔 수 없다. 공격해!"

"적을 막아라!"

헤르메스 길드에서는 다가오는 용아병을 향해 무기를 휘두르고 스킬을 사용했다.

악룡 케이베른이 보고 있다는 점에서 곤란하긴 했지만, 그렇다고 그냥 당해 줄 수는 없었다.

"큭!"

"제법 센데?"

드래곤의 뼈나 이빨의 일부로 만들어졌기에 용아병들의 육체는 단단했다. 원래 높은 맷집과 힘을 가진 종족이었으며, 레벨도 500~600대에 달했다.

"그래도 상대할 만하다!"

"여럿이서 1마리씩 차례대로 처리하자. 평소 던전 사냥을 하던 방식대로!"

경험 많은 헤르메스 길드원들은 용아병 처치법에 맞춰서 금세 대응했다.

북부 유저들의 인해전술에 대응할 때와는 달리 그들에게 익숙한, 강한 몬스터에 맞춘 전투 패턴이었다.

헤르메스 길드에서 효율적으로 용아병들을 막아 내고, 일부는 파괴하기도 했다.

하지만 그러던 어느 순간.

-절대 보호.

케이베른의 마법이 발동되자 용아병들은 투명한 막에 휩싸였다.

물리, 마법의 피해를 대부분 소멸시켜 버리는 궁극의 방어막으로 보호받는 용아병들이 대형 무기를 휘두르며 거침없이 날뛰었다.

"말도 안 돼. 사기야."

"이걸 어떻게 해야 되는데!"

헤르메스 길드는 속수무책으로 밀렸다.

무효화 마법을 쓰거나 특수한 장비들이 있어야 용아병들을 공격할 수 있었다.

헤르메스 길드 유저들이 케이베른의 반대쪽 하늘도 가리켰다.

"위드도 되살아났습니다."

"위드가?"

새하얀 뼈로 골격을 이룬 멋진 본 드래곤!

300미터가 넘는 거대한 크기에 뼈로 된 날개를 펄럭이고 있기에 그 존재감이 보통이 아니었지만, 블랙 드래곤이 나타나면서 시선을 빼앗긴 것이었다.

아크힘은 한숨을 쉬었다.

"지금 위드를 잡을 여유 따윈 없다."

"아쉽지 않습니까?"

"웬만해선 놈도 당해 주지 않을 거야. 하물며 지금은 하늘까지 날아다니는 본 드래곤이 아닌가. 당장 우린 드래곤부터 물리쳐야 하는 곤란한 상태에 빠져 있다."

아크힘은 막다른 길에 몰려 있었다.

드래곤의 공격에, 사방에서 모여드는 중앙 대륙 유저들, 조인족 부대까지.

전투의 주도권은 넘어간 지 오래였고, 어느 쪽 하나 쉬운 게 없었다.

처음부터 끝까지 북부 유저들과 싸웠다면, 이기진 못하더라도 헤르메스 길드의 마지막 1명까지 전설로 남을 만한 전투를 치렀을 것이다.

여러 전술이 다 실패하고, 도망치다가 드래곤까지 마주친 최악의 환경에서 할 수 있는 건 아무것도 없다.

'드래곤과 싸워서 이길 수 있을까? 그건 너무 무모한……. 그렇다고 도망만 쳐 봤자 드래곤에 쫓기고 아르펜 왕국 유저

들에게 추격당할 것이다.'

아직 강대한 하벤 제국군의 전력이 야금야금 끊어져서 종국에는 아무것도 남지 않게 될 것이다.

아크힘이 이를 악물었다.

선택은 두 가지!

싸우느냐, 도망치느냐.

어느 한쪽도 쉬운 선택이 아니지만, 결국 적들이 가만히 있지 않으니 전투는 피할 수 없었다.

아크힘은 결심을 굳히고 고함을 질렀다.

"드래곤이든 뭐든 전부 쓸어버려라!"

위드는 헤르메스 길드원들이 메뚜기 떼처럼 일제히 하늘로 뛰어오르는 것을 보았다.

"드래곤과 전투를? 하기야… 이렇게 된 이상 싸우지 않을 수도 없겠지만."

로열 로드에서 가장 압도적인 최강의 단일 세력.

패배를 여러 번 거듭하긴 했지만 헤르메스 길드의 전투력은 경쟁 세력을 찾을 수 없을 정도였다.

"헤르메스 길드와 드래곤. 어느 쪽이 강한지 볼 수 있겠군."

위드는 배낭에서 튀긴 감자라도 꺼내 먹으며 보고 싶었지만, 아쉽게도 언데드 상태였다.

언데드는 배고픔이나 음식의 맛을 느끼지 못했기에 느긋하게 구경하기로 했다.

"눈요기는 확실히 되겠어."

헤르메스 길드원들은 비행 도구나 마법을 써서 케이베른에게 날아갔다.

전사와 기사는 과감하게 다가가고, 사제와 마법사는 하늘에서 주문을 외우며 지원에 나섰다.

위드의 눈이 헤르메스 길드원들을 훑었다.

'상대해 보며 느낀 것이지만 전체적인 수준은 훌륭해. 레벨 500대가 주축이 되고, 600에 도달한 유저들까지 있다니…….'

상위 랭커나 유명한 유저 대부분이 헤르메스 길드라고 봐도 되었다.

─처형의 단두대, 소리 없는 죽음, 사슬 벼락!

악룡 케이베른의 마법이 비처럼 쏟아지면서 공중에서 작렬했다.

많은 헤르메스 길드원들이 피해를 입으며 추락했지만, 살아남은 이들은 그 사이를 뚫고 계속 전진했다.

"죽어라, 드래곤!"

"우리를 막는 놈에게 남는 것은 죽음뿐이다."

"어딜 감히 도마뱀 주제에!"

동료들의 희생을 바탕으로 날아오른 전사들이 드래곤의

몸에 올라타서 무기를 찌르고 휘둘렀다.

수많은 스킬이 작렬하고, 마법이 폭발했다.

드래곤도 그에 대응하듯이 대규모 마법들을 터트렸지만, 헤르메스 길드원들은 그 파괴력에 휩쓸리면서도 공격을 끈질기게 이어 나갔다.

정확히 맞지만 않으면 어중간한 마법 1~2개는 버티는 헤르메스 길드의 전사들이었다.

"끄으응."

"살아 계십니까, 형님들?"

"여기다. 이쪽이다!"

하벤 제국군을 쫓아왔던 검치와 수련생들, 중앙 대륙의 유저들도 드래곤의 브레스에 휘말렸다.

수만 명의 유저들이 사망했으며, 강력한 감염이 진영을 휩쓸었다.

"사제분들은 신성 마법을!"

"생명이 위험한 이들부터 치료를 받으세요."

그들은 헤르메스 길드와 드래곤이 싸우는 사이에 숨 돌릴 여유를 얻었다.

간신히 목숨을 건진 검치와 사범들, 수련생들은 투지가 이

글거리는 눈빛으로 블랙 드래곤 케이베른을 보고 있었다.

"아무리 드래곤이라도… 건방지게 선빵을 날려 왔는데 이 대로 참을 것이냐."

"아닙니다, 스승님. 놈이 먼저 우리에게 침을 뱉었으니 마 땅히 패 줘야 합니다."

"나쁜 드래곤입니다. 때려 줘야 합니다."

검치와 수련생들도 로열 로드에 관해서는 경험을 많이 쌓았다.

지금 상태에서 드래곤에게 덤빈다는 게 무모하다는 건 알지만, 그렇다고 해서 도망칠 생각은 없었다.

'막내를 위해서라도 죽는 순간까지 헬멧 길드 놈들을 한 놈이라도 더 없애려고 했는데…….'

'하벤 제국? 아르펜 왕국? 그게 뭐가 중요하지? 드래곤이다. 드래곤!'

'크으, 저걸 베는 맛은 그냥 죽여주겠구나!'

'죽을 때 죽더라도 화끈하게 죽어야 여한이 없지.'

검치와 수련생들은 손이 근질근질했다.

절반 넘게 감소한 생명력과 체력, 드래곤 피어로 인한 약화 현상은 문제도 아니었다.

드래곤이 하늘에 떠 있다는 게 문제이긴 했지만, 헤르메스 길드원들이 뛰어오르거나 하늘을 날아 공격하는 모습을 보자니 심장이 두근거릴 정도로 흥분되었다.

"우리도 가서 싸워야겠다."

"물론입니다, 스승님!"

"가지요!"

검치와 검둘치가 쌍봉낙타에 올라타자, 수련생들도 서둘러 낙타에 타서 모여들었다.

어떤 수련생들은 운이 좋게 덜 다치긴 했지만, 가르나프 평원에서부터 전투를 쭉 이어 왔던 이들이라 대부분 몸에 붕대를 칭칭 감고 있었다.

"달리자. 달려!"

시미터를 휘두르면서 돌진하는 검치와 수련생들!

그들이 다가오는 것을 본 하벤 제국 진영에서는 화살을 쏘기 시작했다.

"드래곤을 상대해야 하는 때에 하필 습격이라니!"

"저 지긋지긋한 놈들!"

무려 드래곤을 상대해야 하는 만큼, 헤르메스 길드에서는 전력이 분산되길 원치 않았다.

검치와 수련생, 그리고 1만에 달하는 사막 전사들을 부담스럽게 느끼고 있을 때였다.

"길을 열어라!"

검치가 시미터를 휘둘러서 화살을 쳐 내며 고함을 질렀다.

'무슨 헛소리야?'

헤르메스 길드 유저들이 그렇게 바라볼 때였다.

검둘치가 스승의 의견을 이해하고는 함성을 내질렀다.

"우리도 드래곤과 싸울 거다!"

검삼치도 따라서 소리쳤다.

"너희를 도와주겠다. 우리 몸에 비행 마법이나 걸어!"

"……?"

헤르메스 길드원들은 무슨 헛소리인지 이해하기 어려웠다.

방금 전까지 악착같이 쫓아오며 시미터를 휘두르던 이들이 별안간 동료가 되겠다니!

"우리에게 비행 마법을 써 줘!"

"스승님의 말씀대로 해라! 안 그러면 너희부터 쓸어버릴 거다!"

"우리도 드래곤을 공격할 거라고! 어서 우릴 저 전투 지역으로 날려 줘!"

따라서 외치는 수련생들의 말에 헤르메스 길드원들은 상황을 파악했다.

'미친것들 아니야?'

'제정신으로 하는 소리인가.'

여전히 헛소리로 여기는 이들이 절대 다수였지만, 마법사 유저 곤돌은 생각이 달랐다.

그는 헤르메스 길드 소속이면서도 방송에서 검치와 수련생들을 보고 따로 영상까지 찾아볼 정도로 푹 빠진 상태였다.

사내답게 싸울 줄 아는 그들!

"날아올라라. 집단 비행!"

곤돌은 주문을 외워 검치와 그 부근의 수련생들에게 마법을 걸어 주었다.

"왜 그런 짓을……."

적을 도와주었다는 생각에, 옆에 있던 헤르메스 길드원이 질책을 하려고 할 때였다.

"으하하하, 고맙다!"

검치가 큰 소리로 외치더니 그대로 낙타를 타고 하늘에 있는 블랙 드래곤 케이베른을 향해 날아가는 것이 아닌가.

비행 마법에 걸린 이들은 전부 드래곤을 향해 날아가고, 나머지 수련생들만 하벤 제국군을 향해 달려오고 있었다.

수련생들이 낙타에 탄 채로 두 손을 흔들었다.

"우리도 하늘로 띄워 줘!"

"어서 마법을 걸어 달라고!"

"빨리 해 줘! 나도 드래곤과 싸우고 싶어 미치겠다고!"

마법사들은 어안이 벙벙했다.

"이게 무슨 경우야?"

"저것들은 왜 우리랑 같이 싸우려는 거지?"

헤르메스 길드 소속으로 별 전투를 다 치러 봤지만 이런 경우는 또 처음이었다.

위드는 검치와 수련생들이 헤르메스 길드의 도움을 받아서 낙타를 타고 블랙 드래곤에게 날아가는 것을 보았다.

마판 : 급보입니다. 동쪽 오크 랜드에 랜도나라는 이름의 레드 드래곤이 등장했답니다. 현재 오크들을 맹렬하게 공격하고 있습니다.

악룡 케이베른 외에 또 다른 드래곤의 등장!

그러나 지금은 그쪽에 관심을 둘 여유조차 없었다.

- 이 하루살이들. 모조리 날려 주마. 전역 천둥!

케이베른은 전격계 마법을 대규모로 발동시켰다.

하늘이 시커먼 구름으로 채워지더니, 먹구름 사이에서 번쩍번쩍 빛이 났다. 그러더니 지상으로 수백 다발의 번개가 내려쳤다.

쿠르릉!

콰광! 쾅쾅!

전격계 마법의 무자비한 몰아침.

"막아! 막으라고!"

"으아아아아아악!"

벼락이 내리꽂혀 헤르메스 길드원들을 강타했다.

"영겁의 가호!"

"지키는 자의 영혼."

"고요의 방패."

땅에 있던 마법사와 사제가 보호 마법을 걸어 주긴 했지만, 벼락은 수많은 헤르메스 길드원들의 몸을 꿰뚫었다.

"끄아악!"

블랙 드래곤 케이베른의 몸에 타고 있던 유저들이나 지상의 유저들이나, 피해를 입는 건 마찬가지였다.

어떤 기사가 높게 들고 있던 검에 벼락이 작렬하더니 수백 갈래로 갈라져서 주변을 초토화시켰다.

어마어마한 위력의 마법이 발동되었지만, 헤르메스 길드원들은 보스 몬스터 레이드를 수차례 경험해 본 베테랑들이었다.

케이베른이 쓴 전격계 마법에 의해 몰려든 먹구름이 서서히 흩어지기 시작하는 순간!

"지금이다!"

"마법을 쓴 순간을 노려서 덤벼들어!"

커다란 공격 이후의 빈틈.

보스 몬스터 레이드에서는 절대 놓칠 수 없는 순간.

벼락을 맞고 전투 불능이 된 유저들보다 더 많은 이들이 케이베른에게 전속력으로 날아갔다.

검치와 수련생들도 사막 전사들을 이끌고 돌격했다.

"으하하, 신나는구나."

"이 맛이지 말입니다."

"실컷 싸울 수 있어서 최고다!"

블랙 드래곤 케이베른을 향해 수만 명의 유저들이 몰려들고 있었다.

'웃통을 벗고 있는 저것들은 또 뭐야?'

'위드의 유명한 동료들 아닌가?'

'뭐가 어찌 된 거야?'

드래곤을 공격하기 위해 모여들던 헤르메스 길드의 전사들도 낙타를 타고 날아오는 검치와 수련생들을 보긴 했다.

"으헤헤, 드래곤이다."

"그것도 까만 드래곤!"

"내가 바로 드래곤 슬레이어다! 큰 도마뱀, 너를 제대로 토막 내 주마!"

얇은 옷감을 걸친 수련생들의 외침에 케이베른이 사납게 포효했다.

-감히, 위대한 나를 모욕하다니! 너희는 곱게 죽여 주지 않겠다!

케이베른이 날갯짓을 하며 검치와 수련생들에게 마주 돌진했다.

검둘치와 검삼치가 외쳤다.

"도마뱀이 쓰는 마법을 조심해라!"

"마법밖에는 신경 쓸 게 없는 도마뱀이다."

-크오오오오! 너희는 밟아서 터트려 죽여 주마!

케이베른은 거대한 드래곤의 육체를 민첩하게 움직이며, 앞발로 후려치고 꼬리를 휘두르면서 공중전을 펼쳤다.

일부러 했던 도발은 아니지만, 의외로 기가 막히게 먹혀드는 모습!

"바로 이 맛이지!"

검치와 수련생들은 드래곤의 몸에 달라붙었다.

이미 달라붙어 있던 헤르메스 길드원들도 마법 공격이 뜸해진 틈을 타서 신나게 공격하고 있었다.

"이거 어떻게 해야 하지?"

아크힘도 전사들과 함께 블랙 드래곤에게 날아가고 있었다.

그는 판단을 내리고 지휘를 해야 하는 위치였지만, 갑작스러운 사태에 정보가 모자랐다.

가르나프 평원의 패전에서부터 드래곤의 출현까지, 모든 것이 갑자기 결정되어 버린 느낌이었다.

'하필이면…….'

헤르메스 길드의 방침을 결정하는 라페이는 브레스에 휩쓸려 죽고 말았다.

'소규모 전투 지휘는 해 봤지만 드래곤과의 전투는……. 어쨌든 신경 쓸 것 없다.'

아크힘은 검치와 수련생들을 무시하기로 했다.

묻뺏죽.

그들이 황소를 탄 마적단 활동을 하던 것까지 알고 있었지만, 지금은 어떤 영문에서인지 자신들이 아닌 드래곤을 공격하고 있다.

'저건 단순한 인간들이야. 소문보다도 훨씬 무식하고, 싸움밖에 모르는 자들.'

아크힘은 마음이 조금 편해지는 기분을 느꼈다.

세상에 믿을 놈이 없다지만, 저들은 뒤통수를 칠 생각을 안 하는 게 아니라 못 하는 사람들이다.

아크힘 : 사막 전사들에 대해서는 당분간 무시한다. 헤르메스 길드의 모든 전력은 드래곤 처치에 집중하도록 한다.

블랙 드래곤 사냥!

헤르메스 길드에서 전력을 기울여도 어려운 일이었는데, 가르나프 평원에서 패배하고 도망치는 와중에 벌어질 줄은 몰랐다.

하지만 일단 싸움에서 이기기 위해 이용할 수 있는 모든 걸 이용할 작정이었다.

위드는 본 드래곤의 커다란 머리를 절레절레 흔들었다.

검치와 수련생들이 헤르메스 길드를 돕는 것 따위는 중요하지 않았다.

어쩌다 보면 같이 싸울 수도 있는 일이고, 그런 일에 속이 상할 만큼 편협하지 않다.

땅에 떨어져 있던 눈먼 돈을 먼저 줍거나 하면 배신감에 치를 떨겠지만…….

'쭉 지켜보고 있는데 상황이 미묘하게 돌아가네.'

블랙 드래곤.

베르사 대륙의 조화와 균형을 상징하는 존재가 드래곤이었다.

물론 듣기 좋은 말보다는, 몸으로 모든 것을 증명했다.

드넓은 땅과 하늘의 절대적인 지배자로.

브레스와 마법, 막강한 육체적인 능력으로, 거슬리는 것들을 초토화시켜 버리는 존재다.

왕국들끼리 그어 놓은 국경을 무용지물로 만들며, 드래곤들의 영향력이 미치는 영역은 따로 있었다.

'생각보다 너무 멍청하게 싸우는 거 아닌가?'

케이베른의 단단한 몸에도 조금씩 상처가 생기고 있었다.

고지식하게 하늘에 둥둥 떠서 두들겨 맞는 드래곤이라니, 일찍이 상상도 해 본 적이 없었다.

이 순간에도 전사들에 의해 난도질을 당하고, 마법사들에 의한 공격 마법들이 작렬했다.

드래곤이 막강한 물리, 마법 방어력을 가지고 있긴 했지만, 저렇게 무식하게 몸으로 다 맞아 주다니.

혼돈의 드래곤 아우솔레토와 수준을 비교할 수도 없었다.

그 당시 아우솔레토는 기억을 잃어버리고 마법도 활용하지 못하던 상태.

'애들처럼 치고받는 전투 방식이라면 헤르메스 길드에도 승산이 조금은 있겠는데.'

위드는 만약 자신이 드래곤이었다면 압도적인 강함을 잘 이용했으리라고 생각했다.

'여러 꼼수들을 쓸 수 있지만, 복잡하게 싸울 것도 없이 하늘 높이 올라가서 브레스나 장거리 공격 마법을 쓰면 일방적인 공격이 가능하지.'

헤르메스 길드의 전사나 기사가 하늘로 날아오더라도, 유리한 고지를 차지한 채 마법을 계속 퍼부으면 된다.

여유가 되면 지상에도 화염, 대지, 바람 계열의 궁극 마법들을 떨궈 주는 것이다.

군대를 무용지물로 만드는 드래곤의 전투법.

'광범위 파괴 마법, 브레스, 여기에 비행. 이 세 가지의 연결 효과는 무적에 가까워서, 준비를 잘해 놨더라도 상대하기 까다로워. 하늘을 날고 있지만 지상과 가까운 곳에서의 단순 육탄전이라면 드래곤의 장점을 모조리 봉인하고 있는 것이나 마찬가지다.'

위드는 설마 악룡 케이베른이 더 잘 싸우길 바라면서 응원하는 날이 올 줄은 몰랐다.

과거 보석 조각품을 삥 뜯긴 원한이 있긴 했지만, 그래도 헤르메스 길드에 당하는 건 바라지 않았다.

"놈은 오만하다! 이 기회를 놓치지 말고 죽여라!"

아크힘이 고함을 지르며 헤르메스 길드원들을 격려했다.

이 자리에 있는 모든 이들이 드래곤 사냥에 집중하고 있는 순간.

악룡 케이베른이 흉포한 포효를 터트렸다.

-사이고른의 폭풍, 메리샤의 비탄, 코크란의 위협, 제네다의 심판! 벌레만도 못한 인간들, 모조리 죽여 주마!

케이베른은 4개의 광역 공격 마법을 완성시켰다.

인간 마법사에 비해 마법 주문을 외우는 속도가 10배는 빨랐다.

폭풍이 몰아치고, 대지가 충격으로 뒤흔들렸다.

헤르메스 길드 유저들이 무수히 죽어 나갔지만, 그보다 더 많은 이들이 다시금 솟구치며 드래곤을 향해 무기를 휘둘렀다.

희망! 희망이 보이는 것이다!

"우리가 헤르메스다!"

헤르메스 길드원들은 가르나프 평원에 와서 패배를 거듭하며 악에 받쳐 있었다.

거센 충격파와 산산이 부서지는 빛.

헤르메스 길드에 남아 있는 수만 명의 유저들이 총력전을 펼치며 덤벼드는 것은 놀라운 광경이었다.

저마다 최강의 스킬들을 터트리며, 목숨을 잃어 가는데도 돌격했다.

'단일 세력으로 최강의 전투 집단. 그것도 로열 로드의 초창기부터 함께했던 엘리트 유저들.'

위드는 전투를 구경하면서 운이 좋았다고 생각했다.

'하벤 제국은 거대했기 때문에 무너진 거야. 중앙 대륙을 통일하지만 않았더라면, 아직도 견고한 세력을 유지하고 계속 성장하고 있었겠지.'

너무 커다란 먹잇감을 삼켰기에 탈이 난 경우.

헤르메스 길드와 케이베른의 전투가 중요하긴 했지만, 전리품부터 확인하기로 했다.

바드레이를 잡고 나서 얻은 물품을 살피지 못했던 것이다.

이것이 세상 그 무엇보다 중요한 일이었다.

서윤은 하늘에서 바라그 부대를 타고 조인족을 이끌고 있었다.

위드 : 하벤 제국군의 잔당을 처리해 줘. 무사히 돌아가는 병력을 최대한 줄여야 해. 이번 전투로 헤르메스 길드가 무너질 수 있도록 말이야.

제국군이 전쟁에서 패배하며 많은 패잔병들이 생겼다.

위드가 하벤 제국군의 본대를 직접 추격했지만, 사방팔방으로 빠져나간 이들도 꽤 많았다.

"저쪽이에요."

바라그를 타고 높은 하늘을 나는 서윤의 눈에 지상에서 움직이는 병력이 보였다.

"헤르메스 길드원이에요. 공격을 시작해요!"

바라그에 탄 유저들은 화살을 쏘며 지상의 적들을 견제하고, 일부는 땅에 내렸다.

그들이 무사히 살아 돌아갈 수 없도록 하는 것이 서윤이 이끄는 타격대의 임무!

'전투……. 싸우고 싶진 않지만 싸워야 해.'

서윤도 땅에 뛰어내렸다.

그녀의 눈에서는 붉은 빛이 흘러나오고 있었다.

-피와 분노에 몸을 맡겼습니다.
오랜 평화에 빠져 있던 광전사가 다시 깨어났습니다.
당신은 두려움의 대상입니다.
전투가 지속됨에 따라 상대는 빠르게 투지를 잃어버리고, 결국 도망칠 수도 있습니다.

용서와 자비라는 단어는 광전사에게 어울리지 않습니다.

약한 자들도 살려 두어서는 안 됩니다.

단 1명의 적도 남김없이 죽여야 합니다.

강렬한 분노는 적의 강함에 따라 공격력이 상승합니다.

전투를 마칠 때까지, 도망치는 적에게는 95%의 추가 피해를 가합니다.

생명력이 절반 이하로 줄어 있거나 부상을 입은 적들은, 치명적인 공격과 함께 즉사 확률이 2배로 높아집니다.

공격 스킬의 범위가 50% 넓어집니다.

육체는 한계를 넘어서 무리하게 움직일 수 있습니다.

직접적으로 타격을 입지 않거나 스친 공격에 대해서는, 방어력이 최대 600%까지 높아집니다.

이동속도가 30% 빨라집니다.

일시적으로 체력이 소모되지 않습니다.

죽이고, 또 죽이십시오.

당신의 숨이 멈출 때까지!

광전사 모드의 활성화.

"풀죽 여신이다!"

도망치고 있던 헤르메스 길드원들이 서윤을 보고 놀라 멈췄다.

투구와 갑옷을 입고 있긴 했지만, 그럼에도 알아볼 수밖에 없게 만드는 외모.

바라그나 조인족의 등에 타고 있던 유저들과 함께 서윤이 달려오고 있었다.

그 아름다움에 가슴이 설레기도 했지만, 적이라는 사실을 깨달았다.

"이렇게 된 이상 중요 인물을 해치우는 것도 좋지."

"미안하지만 죽어 줘야겠다!"

헤르메스 길드원들은 무기를 휘두르며 강렬한 스킬을 터 트렸다.

몇 가지 스킬들을 이어서 연속 공격을 준비하는 것이다.

서윤은 땅을 박차더니 체조에 가까운 공중회전을 하며 빠르게 검을 휘둘렀다.

일반적으로 닿지 않을 거리이지만, 지금은 광전사의 효과가 활성화되어 있었다.

타다닷!

그녀는 상대의 스킬들을 아슬아슬하게 흘리며 공격했다.

몸을 사리지 않는다.

피하지 못할 공격들은 맞아 주면서라도 반격한다.

위드는 일찍이 서윤과 같이 다니면서 그녀의 전투법에 대해 극찬했었다.

—뼈만 때리는 공격이군. 짧게 보면 생명력 유지가 안 되어서 사냥 효율이 안 나올 수 있지만… 사냥 하루 이틀 하는 거 아니잖아. 맷집과 인내력도 자연스럽게 높이고 광전사의 전투 업적까지 달성하네. 역시 강한 이유가 있었어.

서윤은 예전처럼 전투를 좋아하지 않았지만, 위드의 부탁이었고 아르펜 왕국을 지키기 위해서였다.

그래서 검을 휘두르는 데 망설이지 않았다.

'소중한 것을 지키기 위해.'

그녀는 광전사가 되었다.

─사랑하는 동생아.

─…장비를 확인하고 싶다고?

─어.

─잠시만. 지금 봐 볼게.

위드는 로아의 명검과 하늘 지배자의 갑옷을 비롯한 귀중품들을 급하게 여동생에게 맡겼다.

그녀의 임무는 케이베른이 오기 전에 최대한 먼 곳으로 도망치는 것!

헤르메스 길드가 드래곤과 싸우는 와중에도, 유린은 와삼이를 타고 멀리 날아가고 있었다.

'무려 바드레이가 떨어뜨린 물건들이다.'

전리품을 살펴볼 생각을 하니 절로 가슴이 설렜다.

특히 붉은 빛깔의 술잔에는 심상치 않은 은근한 광택이 흘렀다.

여동생 외의 그 누구에게도 믿고 맡기지 못했으리라.

'악명이 자자했으니 중요한 물품들을 떨어뜨렸을 거야. 당첨이 확실한 로또를 긁는 기분이군.'

도대체 어떤 보물이 나올지 몰라서 떨리는 순간!

—어… 근데 옵션이 많네.

—많아?

—응. 뭐 전설이 봉인되어 있다고 하고…….

—전설까지?

두근두근.

위드는 심호흡을 한 뒤 물었다.

—옵션이 총 몇 개인데?

—내가 확인할 수 있는 옵션은 6개야. 근데 7개가 더 봉인되어 있다고 나와.

13개의 옵션!

상위 등급의 아이템일수록 꿀 옵션 하나에 가격이 10배씩 달라지기도 한다.

사냥 속도와 관련된 옵션은 전체적인 전투 능력과 성장 속도를 좌우하기도 했다.

—어서 말해 봐.

—응. 천천히 불러 볼게.

불꽃의 성배 : 내구력 30/30.

불의 정화가 담겨 있는 잔이다.

인간들이 간 적 없는 땅속 깊은 곳에서 흐르는 용암을 채취했다는 이야기
도 있고, 100만 년 동안 타오른 불이 담겨 있다는 소문도 있다.

전설이 담긴 물품.

성배의 힘을 이끌어 내면 어떤 어둠도 물리칠 수 있으리라.

제한 : 없음.

옵션 : 소유하는 것으로 모든 스텟 53 증가.

생명력과 마나의 최대치 70,000 상승.

불과 관련된 모든 스킬의 위력이 200% 강화.

전투 스킬의 효과 +35%.

화염의 피해를 거의 받지 않음.

열흘에 한 번씩 '성배의 평정'을 사용할 수 있음.

특수 : 전설이 봉인되어 있다.

밝혀지지 않은 옵션이 일곱 가지 잠들어 있음.

성배의 평정 : 흐르는 용암의 강이나, 폭발하는 용암 분출구를 소환하여 적
을 쓸어버린다.

"미쳤구나! 미쳤어!"

단 하나만을 살폈는데도 옵션이 믿기지 않는 수준이었다.

"이 정도면 완전 사기잖아."

스텟의 상승 폭이나 옵션이, 훌륭한 아이템의 수준을 넘어
선 것이었다.

중앙 대륙을 지배하고 로열 로드에서 좋은 것이라면 모조
리 독차지했던 바드레이의 소유물다운 물품!

"이 정도면 지금까지 나온 모든 아이템 중에서 알려진 것

중에는 최고의 보물이라고 부를 만해."

소유하는 것만으로 혜택을 주고, 심지어 이용 제한도 없다!

"레벨이 낮을 때 불꽃의 성배가 있었다면 완전 사기적인 수준이었겠다."

사실 너무나도 고급 아이템이라서 초보자가 이걸 가지고 있다면 다른 유저들에 의해 위험해질 수도 있었다.

그렇지만 꼭꼭 숨겨 두고 혼자 던전이나 사냥터에서 쓴다면 성장 속도가 몇 배는 빨라졌으리라.

레벨이 400~500대에 이르면 효과가 상대적으로 감소할 테지만, 여전히 사냥 속도를 높여 주는 건 확실하다.

경매 사이트에 올리면 이 물품 때문에 전쟁이 일어날 수도 있을 것이다.

세상에 돈 많은 부자들이 한둘이 아니고, 어디서 누군가가 몇십억, 몇백억을 지르는 정도야 뉴스거리도 아니었으니까.

"로열 로드의 인기를 감안하면 건물 몇 채가 오갔을 수도 있겠어."

바드레이가 성배의 평정을 사용했다면 위험했을 수도 있었다.

사막의 대제왕 시절에 불과 관련된 스킬을 많이 겪어 보긴 했지만, 뻔히 대응할 수 있도록 티가 나게 쓰진 않을 것이다.

고레벨 유저일수록 전투 감각이나 운용 능력이 뛰어나니 절묘한 타이밍에 사용한다면 크게 불리해졌으리라.

"이런 걸 꿍쳐 놓고 있었다니… 역시 하벤 제국의 황제. 로열 로드 최강의 유저. 나보다 훨씬 더 대단하다고 인정해 줘야 되겠군."

위드는 바드레이의 높은 악명에 감사했다.

악명이 그렇게 높지 않았다면 이런 보물을 떨어뜨리지도 않았을 테니까.

"평생 못 받은 운을 지금 다 얻는구나."

-다음 물건도 부를게.

바람 칼날 : 내구력 60/60.
가공되지 않은 바람 칼날.
지상의 모든 물질을 다루며, 눈에 보이지 않는 것까지도 손댈 줄 아는 대장
장이만이 원하는 형상으로 만들 수 있다.
바람의 혼이 담겨 있다.
신비로운 전설급 대장장이 재료.

"크흡."

위드는 라면 국물 한 모금에 소주 일곱 병을 마신 것처럼 눈앞이 깜깜해졌다.

"아름답구나. 술에 만취해서 로또에 당첨되면 이런 기분일까."

죽음의 위기에나 보인다는 주마등, 과거의 일들이 휙휙 스쳐 지나갔다.

헤르메스 길드와의 오랜 원한, 바드레이에게 멜버른 광산에서 죽은 적도 있지만 그 묵은 감정들까지 깨끗하게 씻겨 내려갔다.

"적어도 이 순간만큼은 헤르메스 길드에 기념으로 조각품이라도 보내 주고 싶을 정도군."

잠깐의 감정이긴 했지만 약간의 보답이라도 해 주고 싶은 마음.

-명품 장인의 무지개 천도 있어.

"흐음, 무지개 천은……. 흠, 바드레이에게 바느질을 하는 취미가 있었나? 아니면 최근에 사냥터에서 얻은 것일지도 모르지."

위드도 과거에 무지개 천을 가진 적이 있었다.

이번에 얻은 명품 장인의 무지개 천은 그보다 훨씬 뛰어나긴 했지만, 다른 2개의 물품에 비하면 별것도 아니었다.

강남에 초대형 빌딩을 가지게 된 뒤 대학교 근처의 원룸 하나를 더 얻은 셈이라고나 할까.

명품 무지개 천으로 만든 옷은 비싸게 팔릴 테지만, 베르사 대륙에서 최고로 꼽을 수 있는 물품 두 종류와 비교할 바는 아니었다.

-마지막 남은 하나는 확인이 안 돼. 감정에 실패했다고 나오면서 정보를 알 수 없어.

-마지막이 절망과 평온의 단검이었던가?

-웅.

위드는 기대심을 그대로 유지할 수 있었다.

평범한 물건이 아닌, 특정 직업만이 다룰 수 있거나 어떤 비밀이 숨겨진 것들은 감정이 안 되기도 한다.

빛을 흡수하는 것 같던 검은색 검신, 투박하지만 잡기 편한 손잡이.

"바드레이의 것이니 고급이고 비쌀 거야. 부르는 게 값이겠지."

믿고 쓰는 바드레이의 전리품!

위드가 즐겁게 물건들을 확인하는 사이에도 헤르메스 길드와 드래곤의 싸움은 계속되고 있었다.

"신성한 찌르기!"

"주문 폭주!"

"발광 타격!"

"악마의 내려침!"

목과 등, 꼬리 부근까지 가리지 않고 달라붙은 검치와 사범들, 수련생들도 신나게 검을 휘둘렀다.

"이것이 손맛이로구나!"

"죽여주는데요, 스승님!"

일점 공격술이나 결 검술을 이용해서 블랙 드래곤을 무자비하게 공격했다.

케이베른이 공중에서 날갯짓을 하며 육체를 이용한 공격

도 해 오고 마법도 쓰지만, 제법 버텨 내고 있는 상태였다.

'짧은 시간 동안 전투가 격렬하게도 펼쳐지는군.'

드래곤의 육체는 웬만큼 타격을 받아서는 꿈쩍도 하지 않지만, 수천 명의 유저들이 달라붙어서 싸우고 있다.

레벨 500대가 넘는 유저들이 저마다 가진 힘과 스킬을 실컷 터트리고 있었다.

하벤 제국군을 추격해 온 중앙 대륙 유저들도, 검치가 나서면서 뜻을 함께해 드래곤 공격에 나섰다.

블랙 드래곤과의 전투로 뜻을 모은 모습.

'이렇게 되면 드래곤에게도 타격이 있을 거야.'

위드의 관심사는 블랙 드래곤 케이베른을 향해 있었다.

개미 떼의 공격이라도 거대한 코끼리를 무너뜨릴 수 있는 법.

'나도 싸우고 싶다.'

위드의 피도 끓어오르기는 했지만, 전투에 참여할 수는 없었다.

검치와 사범들, 수련생들이야 드래곤과의 전투에 은근슬쩍 끼어들더라도 도움이 되니 헤르메스 길드에서도 내버려 두는 것이겠지만, 위드라면 상황이 전혀 다르니까.

위드가 본 드래곤의 몸으로 다가간다면 블랙 드래곤을 내팽개치고 덤벼 오는 헤르메스 길드원들이 꽤 많을 것이다.

'솔직히 싸움은 지들이 다 걸어 놓고 나를 싫어한다는 게

억울하긴 하지만, 세상이 다 그렇지.'

위드는 멀리서 전투를 구경만 하고 있었다.

블랙 드래곤 케이베른이 실컷 헤르메스 길드를 약화시켜 주면 그것으로 좋았다.

'드래곤이 이겨도 딱히 좋을 것 같진 않아. 드래곤도 적은 적이니까. 게다가 헤르메스 길드가 다 죽으면 다음은 내 차례가 될 테고.'

최상의 결과는 어느 한쪽이 크게 밀리지 않고 전부 망하는 것!

특히 마지막에 케이베른의 숨통을 끊어 놓는 건 자신이면 더 좋다.

막타를 쳐서 뺏는 건 매우 비매너적인 행동이었지만, 사실 그만큼 짜릿한 게 또 없었으니까.

'잘하면 기회가 올 수도 있을 것 같군. 워낙 생명력도 많고 헤르메스 길드에서도 내버려 두진 않을 테니 쉽진 않겠지만. 근데 드래곤이 이렇게 잡기 쉬운 존재였나?'

예상보다 훨씬 못 싸우는 케이베른에 대한 위드의 의심이 갈수록 짙어지고 있었다.

'저거 싸움은 못하는데 겉멋만 들어 있던 드래곤이라든가, 혹은 새끼 드래곤? 역사서에는 나이를 꽤 먹었다고 되어 있었는데.'

위드의 등뼈가 조금씩 서늘해져 왔다.

그리고 케이베른의 눈동자와 입가를 정확히 본 직후!

'저건 얍삽한 표정이다. 틀림없어!'

평범한 유저들이라면 알아차리기 어려울 정도로 매우 미묘했다.

위드는 일찍이 10대 시절부터 눈칫밥을 배부르게 먹었으며, 조각사로서 동물들의 표정에 대해서도 관찰을 많이 했다.

'악어 나일이와도 비슷해. 게으르게 누워 있다가 사냥감이 오면 덥석 물어뜯던……'

전투 중에도 저런 여유를 보일 수 있다니!

저 표정이야말로 모든 것을 말해 주는 게 아닌가.

─스승님, 위험합니다. 어서 빠져나오세요!

위드는 귓속말을 검치에게 보내고, 이 지역에 있는 모든 유저들이 속한 채널에도 말했다.

위드 : 케이베른 저거 심상치 않습니다. 얍삽한 짓을 저지르려고 하니 당장 피해야 합니다!

"어… 스승님, 위드가 위험하다고 빠져나오라는데요!"

케이베른의 엉덩이 부근에 매달려 있던 검사 백이십칠치가 큰 소리로 외쳤다.

그 목소리를 들은 헤르메스 길드 유저들이 멈칫했다.

위드의 말이라면!

로열 로드에서 아군과 적을 떠나서 모든 유저들이 믿음을 가졌다.

그들의 머릿속에 스쳐 지나가는 것은 모험과 사냥, 왕국 건설, 예술 분야에 이르기까지 수없이 이룩된 위드의 업적들이었다.

블랙 드래곤의 거친 움직임에도 불구하고 머리에서 검을 내려찍던 검치가 외쳤다.

"나도 들었다! 하지만 너희는 위험하다고 해서 빠져나갈 것이냐!"

검둘치, 검삼치.

사범들과 수련생들이 일제히 외쳤다.

"아닙니다!"

전투에 한번 빠지면 재밌어서 물러서지 않는 이들!

"싸우자! 싸우다가 죽는 것이다!"

검치의 말에 수련생들이 크게 웃음을 터트렸다.

"크하하핫!"

"역시 이 맛 아닙니까!"

그렇게 계속 블랙 드래곤의 몸을 신나게 두들겼다.

헤르메스 길드원들은 깜짝 놀라기는 했지만, 이내 별거 아닌가 보다고 생각했다.

"위드가 헛소리를 지껄인 모양인데."

"우리가 드래곤 사냥에 성공하는 걸 시기해서 지껄인 거야."

"지금이 기회다. 모두 총공격에 나서자."

아크힘은 조금 불안하긴 했지만, 이내 그 마음을 떨쳐 냈다.

더욱 가열차게 공격해 대는 검치와 수련생들을 보고 안심한 것도 있었고, 그동안 위드에게 워낙 많이 당해 왔기 때문이다.

"한창 치열하게 전투 중인데 물러선다면 드래곤에게 회복할 시간을 주는 셈이 될 테니 피해가 클 것이다."

그렇게 헤르메스 길드는 총공격에 나섰다.

블랙 드래곤 사냥이 성공할 것이라는 믿음이 커져서 더 적극적으로 싸웠다.

'아무래도 수상해.'

'개인적으로는 어째 위드 말에 믿음이 가긴 하는데.'

의문을 느낀 헤르메스 길드 유저들도 있었다.

지능이 좋은 몬스터일수록 전투 방식이 까다롭다.

그 악명 높은 케이베른이, 오우거처럼 적이 나타나면 무조건 정면으로 덤벼드는 방식으로 싸운다는 점에서 의문이 들었다.

'드래곤은 멍청하지 않잖아. 그런데 왜 이렇게 단순하게 싸우는 거야? 그래도 우리한테 상당히 많이 얻어맞긴 했지만……..'

그럼에도 눈앞에 드래곤이 있으니 불나방처럼 덤벼드는 헤르메스 길드 유저들.

그들은 동료들의 뒤를 따라서 끊임없이 하늘로 날아올랐다.

그리고······.

케이베른의 흑마법 중에서도 생명 계열의 마법이 발동되었다.

-모두 죽어라. 운명의 거울!

최근 10분 동안 받은 피해량을 가까이 있는 모든 생명체들에게 되돌려 버리는 궁극의 흑마법.

케이베른을 공격하던 유저들이 일제히 회색빛으로 변해서 허무하게 우수수 사라져 갔다.

검치와 수련생들도 한꺼번에 잿더미로 변해서 목숨을 잃었다.

-희생자의 생명 흡수.

블랙 드래곤은 두 번째 흑마법을 사용했다.

죽은 유저들의 생명력과 마나를 빼앗아서, 지금까지 입은 피해를 복구해 버렸다.

상처로 뒤덮였던 케이베른의 몸에 새살이 돋아나더니 용아병을 만드느라 빠졌던 비늘까지 완벽하게 재생되었다.

-어리석은 인간들, 너희에게는 작은 희망조차도 사치다!

케이베른이 하늘에서 포효했다.

드래곤 사냥

'기가 막히네.'

멀리서 구경을 하던 위드도 어이가 없었는데, 직접 상대하던 헤르메스 길드의 입장은 어땠겠는가.

"하, 함정이었어."

"망했다. 이러면 도대체 어떻게 드래곤을 죽이라는 거야."

헤르메스 길드마저도 절망에 빠뜨리는 블랙 드래곤.

하늘에서 날갯짓을 하며 지상으로 서서히 내려오고 있었다.

희생자의 생명 흡수 마법은 최상급의 흑마법이기는 하지만, 바르칸이 언데드를 통해 꾸준히 얻는 생명 흡수와는 다르다.

짧은 시간 안에 직접 죽인 적들을 상대로만 생명력을 흡수할 수 있다는 단점이 있었다.

그럼에도 드래곤의 공격력을 감안하면 생명력을 최대로 채우는 건 문제도 아니었다.

"미치겠군."

공간 이동 팔찌 덕분에 간신히 살아남은 아크힘의 입에서도 탄식이 저절로 나왔다.

벼랑 끝에 몰린 헤르메스 길드가 힘을 쥐어짜 낸 것인데, 그것이 드래곤의 수작에 놀아난 것에 불과하였다니.

"저 드래곤을 도대체 어떻게 해야 잡을 수 있단 말인가."

아크힘은 대적할 방법이 떠오르지 않았다.

지상으로 내려오는 블랙 드래곤.

헤르메스 길드원들은 조금 전의 의지를 잃어버린 채로 물러나기 바빴다.

-크오워어어어어!

드래곤 피어가 발동되었다.

보이지 않는 충격파가 전장을 휩쓸며, 가까이 있던 유저들이 기절이나 마비 증상에 휘말리고 말과 마수가 일제히 발버둥을 쳤다.

-어디 다시 덤벼서 나를 즐겁게 해 봐라!

케이베른이 지상을 걸어 다니며 유저들을 걷어차고, 땅을 꼬리로 휩쓸었다.

안하무인의 악룡.

헤르메스 길드원들이 이런 굴욕을 당하는 건 처음이었다.

지상에는 3,000의 용아병들도 활약하고 있었기에 온전히 모든 전력의 초점을 드래곤에게 맞추기도 어려운 상황.

둥! 둥! 둥!

그러나 잠시 후, 하벤 제국군의 진영에서 누군가가 북을 두드렸다. 드래곤의 압박에 화가 난 유저가 진군의 북소리를 내는 것이었다.

뿌우우우우우!

뿔피리 소리까지 여기저기서 울려 퍼지며, 기사단이 움직였다.

목표는 땅에 내려앉은 거대한 블랙 드래곤이었다.

하벤 제국군을 추격해 온 무리 중에는 로암, 칼리스, 샤우드, 군트, 미헬도 있었다.

그들은 검치를 시작으로 수련생들과 중앙 대륙 유저들이 블랙 드래곤과 싸우기 위해 뛰어들 때도 구경만 하고 있었다.

"크하, 대단하다."

"드래곤과 헤르메스 길드라니……."

"헤르메스 길드가 저렇게까지 강했나?"

그들은 헤르메스 길드를 쫓으며 그동안 당한 보복을 해 주었다.

드래곤이 출현한 이후로는 충분한 거리를 두고 지켜보고 있었는데, 정작 헤르메스 길드가 싸우는 것을 보니 압도당하는 느낌이었다.

심지어는 검치와 수련생들, 중앙 대륙 유저들도 생각 이상으로 잘 싸웠다.

로암이 무거운 목소리로 말했다.

"헤르메스 길드가 중앙 대륙을 통일할 때의 전투가 떠오르는군. 정말 아무것도 손써 보지 못하고 당했었지."

칼리스도 그날의 일을 생각하면 끔찍했다.

"헤르메스 길드의 진면목. 저걸 보고 있으면 이번에 우리가 이긴 것이 기가 막힐 정도야."

미헬은 나직이 한숨을 쉬었다.

"아르펜 왕국의 강함은 인해전술만이 아니야. 이기려는 의지가 확실하다는 점이지. 아르펜 왕국이 있어야만 로열 로드가 더 즐겁다는 그 확신 때문에 싸우는 데 망설임이 없어."

과거에는 전술로도 전투력으로도, 모두 헤르메스 길드에 패배했다.

툴렌 지역을 통합한 흑사자 길드는 다른 길드들과 함께 무참하게 꺾여 나갔으며, 그 이후로 다시는 정면에서 덤벼 볼 엄두도 내지 못했다.

샤우드는 아무 말도 하지 않고 헤르메스 길드의 전투 장면만 노려보고 있었다.

그가 대표로 있는 클라우드 길드의 역량과는 비교조차 되지 않을 정도의 강함이었다.

단순히 몇 개월 열심히 사냥한다고 해서 따라갈 수 있을 정도의 격차가 아니었다.

'우리가 다시 꿈을 꿀 수 있을까?'

여기 모인 명문 길드의 수장들은 지금까지 대체로 비슷한 생각을 하고 있었다.

헤르메스 길드가 꺾이면 자신들에게도 기회가 올 거라고.

당분간은 위드의 눈치를 보며 생존해야 될 테지만, 그래도 훨씬 편하게 세력 확대를 할 수 있을 거라고.

그럼에도 돌이켜 보면, 저런 강대한 헤르메스 길드마저도 위드와 아르펜 왕국에 패배하고 말았다.

산 너머 산이라는 말처럼, 왠지 앞으로도 자신들이 날개를 활짝 펼치고 대륙을 지배하는 일은 결코 없을 것만 같았다.

바드레이는 생명력이 바닥까지 떨어진 채, 다가오는 위드의 검을 보며 눈을 감았다.

'결국 이렇게 되는군.'

승리를 확신하며 악마의 참혹 난무라는 스킬을 쓴 직후, 상황이 바뀌었다.

차원문의 장갑과 시간을 멈추게 하는 찰나의 조각술의 연계는 놀랍도록 빠르고 정교한 연속 공격들로 이어졌다.

숨을 천천히 두세 번 들이마실 짧은 시간 동안 이어지는 현란한 공격들.

처음 당해 보는 이에게는 사실상 대처하기 힘든 연계 기술이었다.

'기본적인 실력은 내가 더 강한데…….'

바드레이는 로열 로드를 시작했던 과거를 떠올렸다.

완벽한 가상현실이라는 명성 아래에 무수히 많은 유저들이 로열 로드에 빠져들었다.

그들보다 앞서 나가기 위한 경쟁.

바드레이에게는 언제나 무신이라는 별명이 따라왔다.

레벨 100, 200…….

베르사 대륙의 거친 몬스터들에 비한다면 보잘것없는 레벨이었지만, 유저들 사이에서는 늘 한두 단계 이상 빨랐던 성장.

그만큼 어깨에 무거운 부담감을 짊어져야 했지만, 자부심이 더욱 컸다.

'설마 결투에서 질 줄은……. 하지만 아직 끝난 게 아니다.'

목숨을 잃는 바로 그 순간, 메시지 창이 떴다.

영광과 좌절을 경험한 흑기사!

한 자루의 검을 들고 황제의 자리까지 오른 당신은 위대한 흑기사였습니다.

베르사 대륙의 역사를 새로 썼으며, 다스리는 제국의 영토는 여러 왕국들을 합병하며 확대되었습니다.

지금까지 당신이 걸어온 길에 영광만 있었던 건 아닙니다.

경계와 집착, 시기, 의심.

충직한 부하들을 믿지 못하고 은밀하게 처형한 일은 어두운 면으로 남았습니다.

그렇지만 권력에는 찬란한 밝음이 있기에 깊은 어둠도 존재합니다.

당신은 흑기사로서의 욕망을 완벽하게 충족시켰지만, 결국에는 쓰디쓴 죽음을 맞이했습니다.

…세상은 새로운 승리자에 대해 떠들 것입니다. 하지만 역사서의 기록이 끝난 건 아닙니다.

흑기사는 다시 일어설 것입니다.

어쩌면… 검으로 모든 것을 새로 이룰 수 있을 것입니다.

-영광과 좌절의 커다란 업적을 달성했습니다.

흑기사의 도전이 완료되었습니다.

업적에 의해 보상이 2배로 주어집니다.

-흑기사의 직업 퀘스트를 완료했습니다.

모든 전투 스킬의 효과가 16% 높아집니다.

모든 스텟이 88 증가합니다.

힘과 민첩이 추가로 60 상승합니다.

생명력의 최대치가 32% 늘어나게 됩니다.

악명이 사라집니다.

불운이 일시적으로 제거되었습니다.

직업 퀘스트의 완료!

위드는 우주 공간에 별을 조각하는 것으로 조각술의 마스터가 되었다.

바드레이는 중앙 대륙의 황제라는 대단한 지위에 오르고, 높은 명성을 가진 이에게 패배함으로써 직업 퀘스트에 성공했다.

–당신은 죽음으로써 검에 대한 깊은 깨달음을 얻었습니다.

천재적인 재능으로 야망을 불태우는 자, 흑기사의 특성이 발동되었습니다.

검술의 마스터가 되었습니다.

수많은 정적들을 베고 전투를 수행한 끝에, 검에 대해 완전히 이해했습니다.

지고한 검의 끝에 도달하여 이제는 더 이상 나아갈 곳이 없는 상태가 되었습니다.

검술의 기본 공격력이 500%로 강화됩니다.

검술 스킬을 언제라도 취소할 수 있으며, 마나도 회수됩니다.

공격 스킬의 범위가 확대됩니다.

공격 스킬을 쉽게 익힐 수 있고, 숙련도 역시 빨리 높아질 것입니다.

적의 공격을 검으로 막았을 때 피해를 입지 않습니다.

적의 검술 스킬을 자신의 것으로 할 수 있습니다.

모든 스탯 40 증가.

전투 퀘스트를 제한 없이 받을 수 있습니다.

무기의 잠재적인 능력을 끌어내어 원래의 공격력을 2배로 늘립니다.

검의 내구도가 거의 하락하지 않으며, 부서지는 일은 절대로 없을 것입니다.

-호칭 '검술의 마스터'를 획득하셨습니다.
명성과 관계없이 왕을 만날 수 있습니다.
기사들과 전사들이 도전해 오게 될 것입니다.
투지와 카리스마의 효과를 증가시키며, 적보다 낮더라도 이에 영향을 받
지 않습니다.

바드레이는 메시지들을 확인하며 웃을 수 있었다.

검술의 마스터!

황궁 기사단을 포함하여 수많은 부하들을 바치고, 경쟁자
에게 패배하면서 얻은 소득이다.

흑기사란 결국 최고의 자리에 올라 쓰디쓴 실패를 겪어야
만 완성되는 직업.

직업 퀘스트의 중간에 약간의 손해를 감수하고 평범한 기사
나 전사가 될 수도 있었지만, 그는 그렇게 하지 않았다. 흑기
사의 업적을 얼마나 쌓느냐에 따라 마지막 보상이 달라졌다.

'결국 끝까지 해냈다.'

그의 기반이 되는 하벤 제국은 패배하고 말았다.

그럼에도 자신이 생겼다.

'이번에는 패배했지만… 나는 강해졌다. 멜버른 광산에서
는 내가 이겼고, 이번에는 졌을 뿐. 아직 일대일이야.'

-생명력의 저하로 사망하셨습니다. 24시간 동안 로그인이 불가능합니다.
죽음으로 인해 레벨과 스킬의 숙련도가 하락합니다.

바드레이는 접속이 종료되기 직전 생각했다.

'이대로 끝난 게 아냐. 승부는 지금부터다.'

양념게장과 파이톤!

그들은 중앙 대륙 유저들, 사막 전사들과 뒤섞여 있었다.

하벤 제국군의 흩어진 부대를 격파하고 뒤늦게 합류한 것이다.

"우린 어떻게 해야 할 것 같은가?"

"모르겠습니다. 다만 가르나프 평원에서 패배하고 퇴각하던 헤르메스 길드의 저력이 놀랍군요."

둘은 헤르메스 길드가 드래곤과 싸우는 광경을 보면서 굉장히 놀랐다.

운명의 거울에 크게 당하기는 했지만, 그만큼 싸운 것도 어딘가.

헤르메스 길드에는 레벨 500대, 그것도 장비나 스킬이 잘 조율된 유저들이 넘칠 정도로 많았다.

블랙 드래곤 케이베른이 땅에 내려앉자 미친 듯이 덤벼들던 헤르메스 길드원들의 모습도 굉장했다.

드래곤의 몸에서 터지는 섬광과 폭발, 마법을 뚫고 전진하는 유저들!

"우와아……!"

"대박이다. 끝내주잖아."

"이런 전투를 보고 싶었지. 헤르메스 길드가 진짜 강해."

"우리가 저놈들을 이긴 게 믿기지 않아."

"우리가 힘으로 이긴 건가, 솔직히 인해전술로 밀어낸 거지. 위드 님이 아니었다면 우리도 뭉치지 못했을 거야."

헤르메스 길드를 쫓아왔던 중앙 대륙 유저들도 넋을 놓고 보고 있었다.

블랙 드래곤, 용아병, 헤르메스 길드가 함께 어우러져서 펼치는 대격전.

고레벨 유저일수록 전투 장면에 시선을 사로잡히고, 자신들도 주인공이 되고 싶어 한다.

헤르메스 길드가 비난을 받았던 것은 사실이지만 팬들도 많았다. 착하고 나쁘고를 떠나서, 강하기에 존중받았다.

"이래서 드래곤을 잡을 수 있을까?"

"몰라. 진짜 대단하긴 한데… 아까 마법 한 방에 상황 역전됐잖아."

"헤르메스 길드가 못 이기면 누가 이겨."

"위드 님이 있잖아."

"위드 님? 에이… 아무리 그래도 어렵지."

중앙 대륙 유저들이 떠드는 이야기를 들은 양념게장의 표정이 진지해졌다.

"헤르메스 길드가 드래곤을 잡을 수 있을까요?"

"모르지. 하지만 전사로서의 경험으로 미루어 보면 어려울 것 같아."

"어째서요?"

"경험 부족. 어떤 몬스터라도 한번 싸워 본 것과 처음은 차이가 큰 편이지. 제대로 준비를 했던 것도 아니고. 왠지 헤르메스 길드의 공격이 불나방의 몸부림처럼 보이는군."

"검술의 비기나 방어력을 관통하는 스킬 등을 쓰고 있지 않겠습니까? 피해를 입히고 있을 텐데요."

"드래곤에게서 넉넉한 여유가 느껴져. 아까 함정을 파 놓은 것에서도 보았듯이, 직접 싸우면서 인간들의 발버둥을 즐기는 것 같군."

"악취미로군요."

"괜히 악룡이라고 불리는 게 아닐 테지."

유저들이 베르사 대륙을 지배한 것처럼 보이지만, 그 정점에는 드래곤이라는 존재가 있었다.

블랙 드래곤의 몸에 다양한 스킬과 마법이 작렬하는데도, 헤르메스 길드원들은 아군의 공격에 목숨을 잃는 걸 감수하면서까지 다가가서 싸우고 있다.

그렇지만 정작 드래곤은 끄떡도 하지 않는 느낌이었다.

"하아, 아쉽네. 이런 전투에서는 암살자로서 한계가 느껴지니."

양념게장은 손에 쥔 단검을 빙글빙글 돌렸다.

암살자들은 인간형이 아닌 대형 몬스터, 그것도 생명력이 높은 유형에 취약했다.

"드래곤 사냥이라. 개인적으로는 나도 뛰어들고 싶군."

파이톤도 몸이 뜨겁게 달아오르는 기분이었다.

드래곤이라는 거대한 적을 향해 덤벼드는 전사들의 심정을 깊이 공감했기 때문이다.

케이베른이 날개와 꼬리를 거칠게 휘두를 때마다 3~4명씩 죽어 나갔다.

-대지 충격.

순식간에 완성된 강력한 마법이 헤르메스 길드원들을 한꺼번에 쓸어버렸다.

위드는 본 드래곤의 몸으로 전투를 구경하면서 혀를 찼다.

"역시 드래곤이 보통이 아니군. 헤르메스 길드에 희망이 잠깐 보이긴 했지만, 무리였어."

난이도 S급의 퀘스트가 2개나 발생할 정도로 드래곤의 존재감은 대단했다.

나중에라도 드래곤 사냥에 나설 때를 대비해서 멀리서 지켜보는 가운데, 헤르메스 길드는 무력하게 죽어 나가고 있었다.

케이베른이 운명의 거울을 쓴 이후로 과감하게 나서지 못하고, 기사단은 돌격하다가도 금세 뒤로 빠지고 만다.

이미 마음에서 패배를 받아들이고 있는 것이다.

"용기가 사라질 정도의 압도적인 마법 공격력과 방어력이라는 건가. 이런 식이라면 드래곤은 마나를 회복할 때마다 마법 공격을 실컷 할 수 있겠군."

위드는 만약 자신이 헤르메스 길드를 지휘한다면 어땠을지 생각해 봤다.

현실적으로 이루어지기 힘든 일이지만, 모든 길드원들이 그의 명령에 완전하게 복종한다면……

"상황에 따라 치고 빠져야 한다. 높은 공격력보다는 방어력을 관통하는 특성이 있는 무기가 필요하고."

마법사들보다는 전사들이 절대적으로 필요하리라.

생명력에 막대한 피해를 주어야만 드래곤을 궁지에 빠뜨릴 수 있다.

"그 모든 준비가 갖춰지더라도, 드래곤이 날개를 펼치고 멀리 도망쳐 버리면 모조리 헛수고가 되겠지. 어떻게든 빠져나가지 못하도록 해야 돼."

위드는 나직이 한숨을 쉬었다.

헤르메스 길드를 완벽히 지휘한다 해도 승산이 희박하게 느껴지는 탓이다.

―마판 님, 동쪽에 나타난 레드 드래곤의 상황은 어떻죠?

―오크들을 죽이고 있습니다. 다른 지역으로 이동할 낌새는 보이지 않습니다.

-강함은요?

마판은 가르나프 평원에서 철수하며 상황을 분석하고 있었다. 상인인 그는 전투에 참여한다고 해도 아무런 도움이 안 되었다.

-잘 모르겠습니다. 그쪽 영상도 받아 보고 있긴 하지만 오크들은 아무래도 약해서요. 그냥 짓밟히고 있습니다.

오크!

물량 공세의 원천인 종족이지만 드래곤 앞에서는 아무것도 못 하는 존재들이었다.

적당히 강하다는 건, 절대적인 드래곤에게는 아무짝에도 쓸모가 없는 것.

"기본적으로 드래곤이니까 케이베른과 비슷하게 강하다고 봐도 되겠지. 사냥하기 까다로운 조건은 전부 다 가지고 있는 셈이야."

악룡 케이베른은 땅으로 내려오고 나서도 여유롭게 싸웠다.

중앙 대륙을 지배하던 헤르메스 길드지만, 거듭된 패배로 서서히 싸울 의욕마저 잃어 가는 모습이었다.

뿌우!

뿌우우우!

"덤벼들어!"

"머리를 공략해! 드래곤도 약점은 머리야!"

"앞보다는 뒤로 돌아서……!"

기사들의 돌격도 드래곤의 앞발에 차이고, 땅이 갈라지며 막혔다.

마법의 표적이 되어 불살라지거나 녹아내리는 유저들.

"크으허억!"

집중 공격을 당한 용아병들이 몇 마리 파괴되긴 했지만, 전체 국면에는 거의 지장을 주지 못했다.

－어둠의 해일.

다시 한 번, 케이베른을 중심으로 어둠이 물결치듯이 퍼져 나갔다.

드래곤이 사용하는 궁극의 흑마법!

그것은 헤르메스 길드원이나 하벤 제국의 기사들, 마수와 말을 말 그대로 삼켰다.

어둠에 잡아먹히면 모든 생명력과 마나를 빼앗기며 미라처럼 바싹 메말라서 죽었다.

"으아아악!"

"피, 피햇!"

어둠의 해일이 큰 파도가 치듯이 빠르게 사방으로 퍼져 나갔다.

유저들이나 기사들이나 반대쪽으로 도망을 가려다가 그대로 마법에 휩쓸렸다.

위드는 그 광경을 보며 날카롭게 눈을 빛냈다.

'궁극의 광역 마법은 드래곤이라도 연속으로 쓰진 못해. 지금까지의 모습을 보면 적어도 5분에서 7분 정도의 시간이 필요하고, 흑마법의 특성상 아마도 제물이 충분히 바쳐져야 한다. 특히 제물이 중요하겠지.'

위드는 케이베른의 전투 방식에 대해 알 것 같았다. 과격한 방식으로, 최고의 공격력을 발휘하는 데 집중되어 있다.

어떤 흑마법들은 스스로 피해를 입는 것도 필요하니 일부러 근접전을 펼치는 것이다.

'훌륭한 전투법이라고 하기는 무리지만⋯ 위협적이고 절망적이라는 측면에서는 더할 나위 없군.'

실컷 싸우다 몇 분에 한차례씩 대량 학살이 가능한 궁극의 흑마법을 발휘하는 존재.

이것만큼 상대하기 괴로운 적이 어디 또 있을까.

'드래곤은 인간들을 얕보고 이길 수 있다고 확신하고 있다. 저돌적이고 오만해.'

하벤 제국군의 19군단장 다인.

아르펜 왕국에 합류한 그녀는 추격전에 나서기는 애매한 입장이라서 가르나프 평원에서 철수 작전을 맡고 있었다.

"부상자들은 이쪽으로 오세요. 깨지기 직전의 장비를 고칠 수 있는 대장장이분들은, 지원을 해 주시면 나중에 사례를 하겠어요!"

전후의 수습을 전담하며, 말이나 소를 포획해서 유저들을 마차에 태웠다.

"어서 가세요! 안전한 곳으로요!"

수십만 명의 유저들을 대피시키고, 부상자들을 돌봤다.

북부 유저들은 그 광경을 보며 조금씩 마음을 열었다.

"역시 에바루크 성의 성주… 북부 유저나 중앙 대륙 유저나 가리지 않고 구하고 있어. 평판이 좋은 이유가 보이네."

"저 여자도 유명한 헤르메스 길드원 아냐?"

"그래도 달라. 원래 위드 님의 동료였다는 소문도 있고."

다인은 머리카락에 가르나프 평원에서 주운 풀을 꽂았다. 그것으로 북부 유저들과 함께임을 드러내었고, 19군단에 속한 유저들도 따라 했다.

"뭐, 객관적으로 헤르메스 길드가 나쁜 놈이긴 하지."

"우린 헤르메스 길드 소속도 아니고, 그냥 에바루크 성의 유저야."

"지금이라도 하벤 제국군을 추격해야 하는 거 아냐?"

"우리 실력에 굳이… 게다가 따라간 사람들이 이미 많아."

유저들은 수정 구슬을 꺼내서 방송국에서 중계되는 영상을 보았다.

헤르메스 길드와 블랙 드래곤의 전투, 놀랍고 화려한 장면이 쉬지 않고 나오고 있었다.

"흩어지세요! 여긴 위험합니다."

"드래곤이 오고 있어요. 모두 대피하세요!"

위험하다는 말을 듣고도 가르나프 평원에 모인 유저들의 상당수가 남아 있었다.

"설마 드래곤이 여기까지 오겠어?"

"그래. 어쩌면 헤르메스 길드에서 사냥에 성공할지도 모르고……."

전투의 열기가 남아 있는 가르나프 평원을 떠나고 싶지 않았다.

"용아병이다!"

"저쪽에 용아병들이……!"

누군가의 외침에 상황이 급반전되었다.

서쪽에서 용아병 600마리 정도가, 퇴각하는 하벤 제국군의 일부 병력을 추격해 오고 있었다.

"으아아악!"

"용아병이 온다!"

그제야 위기를 실감한 유저들이 뭉쳐서 가르나프 평원을 탈출하기 시작했다.

다인은 샤먼으로서 부상병들을 돌보다가 19군단에 소집 명령을 내렸다.

"여러분! 에바루크 성의 유저분들은 저와 함께 용아병들을 막아요!"

그녀의 외침에 19군단이 호응하며 용아병을 상대로 분전을 시작했다.

"용아병을 막아도 드래곤이 올 겁니다. 초보자분들은 어서 빠져나가세요!"

"모두 피하고 나면 19군단도 퇴각하겠습니다. 철수!"

가르나프 평원의 유저들은 다인에 대한 긍정적인 생각을 가지고 열심히 후퇴했다.

악룡 케이베른에 의해 하벤 제국군은 산산조각 나고 있었다.

가르나프 평원에서부터 이어진 그동안의 전투에 지친 것도 있지만, 드래곤이라는 존재가 주는 절망이 그들을 계속 짓눌렀다.

"드, 드래곤은 도저히 잡을 수 없어."

"너무 강한 존재다."

헤르메스 길드원들이 블랙 드래곤을 보며 좌절이 섞인 음성을 토해 냈다.

야망만큼이나 포기도 빠른 전염성을 가지고 주위로 퍼졌다.

"도망치는 게 낫지 않을까?"

"차라리 흩어져서 도주하면 살 확률이 높을 거야."

단단한 결속을 자랑하던 헤르메스 길드원들이 제멋대로 흩어져서 도망치기 시작했다.

위드와 아르펜 왕국에 의해 패배하긴 했지만, 이번에는 도저히 감당할 수 없는 적에 의해 무너지고 있었다.

헤르메스 길드는 드래곤과의 싸움에도 패배했다.

위드도 상황이 마무리되어 가는 것을 느끼고는 지역 채팅 채널을 사용했다.

위드 : 이젠 빠져나가세요. 조금 더 지나면 도망칠 기회도 없습니다.

하벤 제국군을 추격해 왔던 유저들은 위드의 말을 따라서 흩어지기 시작했다. 그들도 블랙 드래곤의 다음 공격 대상이 자신이 될 수 있을 거라고 걱정하고 있던 참이었다.

지상에서 헤르메스 길드를 상대하고 있던 악룡 케이베른이, 유저들이 흩어지는 광경을 보았다.

-어떤 인간도 빠져나가지 못한다. 어둠의 굴레!

흑마법의 발동.

한참 먼 곳에 있던 본 드래곤인 위드를 비롯하여 유저들의 발목에 검은색 사슬이 채워졌다.

어마어마한 면적의 광역 마법이었다.

-어둠의 굴레가 씌워졌습니다.
 블랙 드래곤 케이베른이 당신을 제물로 선언했습니다.
 음습한 마나의 기운이 일어나서 움직임을 제약합니다.

-이동속도가 27% 저하됩니다.
 현재 위치에서 일정 거리 이상 벗어나지 못합니다.

속박 마법!

"이거 신성 마법으로 벗어날 수 있어요."

"이쪽으로 오세요. 마나가 다 소모될 때까지 저주를 해제시켜 드릴게요."

중앙 대륙의 유저들 사이에서 사제들이 신성 마법을 쓰며 활약했다.

페일은 안타까운 눈으로 멀찌감치 떠 있는 본 드래곤을 보았다.

"위드 님……."

본 드래곤의 발목에도 단단한 족쇄가 채워져 있었다.

위드가 조각 변신술을 쓴 것도 아니고 언데드로 부활한 것이기 때문에, 신성 마법은 먹혀들지 않는다.

위드는 흑마법에 걸리자마자 그 사실을 알아차렸다. 그리고 무엇을 해야 할지도 알았다.

위드 : 저는 내버려 두고 모두 가세요.

페일 : 네, 위드 님.

이리엔 : 수고하세요.

파이톤 : 잘 있게.

양념게장 : 좋은 시간 되십쇼.

위드 : …….

페일과 이리엔, 파이톤, 양념게장 그리고 중앙 대륙의 유저들이 흩어지기 시작했다.

케이베른이 헤르메스 길드를 격파하고 있었고, 그들에게 남은 시간이라고는 얼마 없다는 걸 모두가 깨닫고 있었다.

'가란다고 진짜 잘 가는군.'

위드는 어둠의 굴레가 썬 본 드래곤의 몸으로 꿋꿋하게 하늘을 날았다.

'슬슬 두 번째의 죽음을 준비해야 되겠군.'

고급 2레벨의 요리, 고급 3레벨의 대장장이, 중급 8레벨의 낚시, 중급 7레벨의 재봉, 중급 1레벨의 항해, 중급 3레벨의 채광, 중급에 막 오른 조선.

그 외에 전투 계열 스킬들도 수없이 많다.

마스터한 스킬은 죽더라도 숙련도가 떨어지지 않지만, 수십 종의 스킬이 한꺼번에 피해를 입게 될 것이다.

'이렇게 된 이상 헤르메스 길드라도 남아 있는 것이 다행

이군.'

위드는 하늘을 천천히 날아서 전투 지역으로 접근했다.

지상에서 전투를 펼치고 있는 케이베른과 헤르메스 길드의 눈치를 보며, 600미터 거리까지 다가갈 수 있었다.

'자, 이쯤에서……'

후우우웁!

위드가 숨을 실컷 들이마시자 몸 전체가 부풀어 오르면서 마나가 가득 모였다.

그 정점에 도달한 순간.

-옜다. 브레스!

위드는 헤르메스 길드원들이 모여 있는 곳을 향해서 사정없이 브레스를 내뿜었다.

"우아아아악!"

"브레스다!"

"위드가… 공격을!"

본 드래곤의 육체에서 뿜어져 나온 포이즌 브레스가, 모여 있던 헤르메스 길드 유저들을 강타했다.

평소라면 대처를 잘했을 테지만, 지금은 케이베른의 공격에 정신을 차리지 못하고 있던 상태!

위드의 산성 브레스가 헤르메스 길드원들을 뒤덮었다. 부상을 입고 회복 중인 유저들이 뭉쳐 있던 곳까지 표적이 되었다.

-악당 윌스톰이 목숨을 잃었습니다.
전투 공적에 따라 자유롭게 부여할 수 있는 1개의 스텟을 얻습니다.

-잔인무도한 살인자 강겐이 목숨을 잃었습니다.
훌륭한 일을 해냈습니다.
주민들의 평판이 높아집니다.

-편협한 도둑 크골린이…….

-무기 강탈자 벤조가…….

…….

-위대한 전투의 업적으로 명성이 31,824 올랐습니다.

-경험치를 획득하였습니다.

-경험치를 획득하였습니다.

-경험치를 획득하였습니다.

-레벨이 올랐습니다.

-경험치를 획득하였습니다.

-경험치를 획득하였습니다.

브레스 한 번에 그대로 레벨 업!

레벨 500이 훨씬 넘는 헤르메스 길드원 수백 명이 브레스에 휩쓸려 죽어 나갔다.

'역시 대박이야. 제대로 쏠쏠하군.'

로열 로드의 역사에 남을 만한 뒤통수치기!

지상에서 싸우던 케이베른이 위드를 힐끔 돌아보았다.

정확히는 알 수 없지만 블랙 드래곤의 흉포한 시선이 훨씬 온화해진 느낌이었다.

인간과 본 드래곤.

그중에서도 인간을 더 싫어하는 게 틀림없었다.

위드는 이때가 아부를 해야 할 최적의 타이밍이라고 생각했다.

─위대한 존재시여, 저 탐욕스러운 인간들을 처치하는 일에 한 날개 힘껏 거들고 싶습니다!

'인생은 줄을 잘 서야 돼.'

강한 쪽이 우리 편!

만약 헤르메스 길드가 강했다면 블랙 드래곤에게 막타를 때리려고 했을 것이다.

위드는 턱뼈를 달그락거렸다.

─물론 위대하고 전지전능하신 케이베른 님께서는 하찮은 저의 도움이 필요하지 않으실 것입니다. 하지만 미약한 제가, 케이베른 님께서 직접 움직이시는데 어찌 구경만 할 수 있단 말입

니까. 뼈마디에 금이 가고 연골이 다 닳도록 싸우겠습니다. 부디 저도 저 인간들을 사냥하는 일에 끼워 주시옵소서.

케이베른은 아부를 좋아하는 드래곤이었다. 그리고 복잡한 계산은 하지 않았다.

-알겠다. 원한다면 그렇게 해라. 너의 도움에 대한 포상을 하겠다.

'드래곤의 포상이라니!'

위드를 흥분시킬 수밖에 없는 단어였다.

케이베른의 레어에 산더미처럼 쌓여 있던 보물부터 선명하게 떠올랐다.

헤르메스 길드를 처치하며 친밀도와 공헌도를 올리다 보면 쓸 만한 보물을 제법 얻게 될지도 모른다.

'뭐든 얻기만 하면… 특히 드래곤의 물품 중에는 마법이 걸린 장신구들이 많지. 검이나 갑옷이 비싸다고 하지만, 구하기 힘든 장신구야말로 진짜 떼돈을 벌어다 주는 거야. 안 팔고 내가 써도 되고 말이야.'

케이베른이 시커먼 주둥이를 열었다.

-고맙게 생각해라. 밑의 인간들을 다 죽인 후에, 널 죽이겠다.

-예?

-관대함을 베풀어서 인간부터 죽이겠다는 뜻이다. 귀찮아지면 너부터 먼저 죽일 수도 있겠지만.

－…….

과연 인정머리 없고 파렴치한 블랙 드래곤!

보통의 드래곤들은 그나마 공정한 조건을 제시하기도 하는데, 역시 케이베른은 괜히 악룡이 아니었다.

－싫냐? 너부터 죽여 줘?

－아닙니다, 위…대하신 존재시여.

애초부터 타협이 불가능한 블랙 드래곤이었다.

케이베른의 허락까지 떨어지자 위드의 합동작전이 펼쳐졌다.

－절대 빙결.

파사삭!

드래곤의 마법에 의해 반경 50미터의 땅이 얼어붙더니 솟구치며 폭발했다.

그것만으로도 하벤 제국군에 상당한 타격이 있었지만, 위드가 곧 습격을 가했다.

막타의 기회를 노린 본 드래곤이 날개를 활짝 편 상태로 급강하!

－쿠오오오오오!

－대륙에 악명이 자자한 배반의 기사 오카를 죽였습니다.
명성 283 증가!

－소므렌 자유도시에서 지명수배된 악당 프롤레마이트를 사망시켰습니다.
명성 352 증가!
악명 291 감소!
소므렌 자유도시로 가면 현상금을 받을 수 있습니다.

－매우 빠른 움직임으로 민첩이 1 증가합니다.

－죽은 자의 힘이 1 증가합니다.
죽음의 기운이 강하게 느껴지고 있습니다.

위드는 본 드래곤으로 무서운 위력을 발휘했다.

하늘을 날아다니며 부상당한 지상의 유저들을 노려 공격
을 퍼붓고, 마법 공격은 묘기를 부리듯이 공중회전 하면서
피한다.

독을 퍼뜨리기도 했고, 때때로 앞발과 뒷발, 꼬리를 이용
해서 전투도 펼쳤다.

악룡 케이베른의 곁에서 싸우면서 절묘하게 부상자들만
노렸다.

"위드를 죽여라!"

기사들이 돌격해 오면 슬그머니 옆으로 돌아서 케이베른
에게 떠넘겼다.

"화살을 쏴라."

"위드부터 죽여 버려!"

헤르메스 길드원들은 케이베른보다, 야비한 위드가 백배는 더 미웠다.

"위드 님! 저희가 돌아왔습니다."

"죽어도 같이 죽어요! 의리!"

페일과 수르카의 목소리가 들렸다.

그들은 성공적으로 멀리까지 벗어났지만, 위드가 싸우는 걸 보고 결국 돌아오고 만 것이다.

위드는 페일과 그를 다시 따라온 중앙 대륙 유저들이 있는 곳에 착지했다.

불과 200여 미터 정도 떨어진 곳에 헤르메스 길드가 있었지만, 용아병들의 공격을 받고 있었다.

─제게 좋은 생각이 떠올랐습니다. 성공하면 큰 이익을 거두지만 목숨은 책임질 수 없는데, 그래도 같이 싸우실래요? 죽어도 책임은 당사자들에게 있습니다.

어딘가 위험한 약관을 소개하는 듯한 말.

페일을 비롯한 동료들이야 같이 싸우다가 목숨을 잃는 것쯤은 아깝지 않았고, 중앙 대륙의 유저들도 죽음을 각오하고 돌아온 것이었다.

"예, 괜찮습니다."

─확실하죠? 나중에 책임지라고 하면 안 됩니다.

"무, 물론인데요."

―그렇다면 이렇게 된 거, 헤르메스 길드 상대로 깽판이나 부려 봅시다.

"옛?"

―공중에서 화살 공격이 가능한 유저들이나, 혹은 적진에 뛰어들 용기가 있는 분들은 타세요.

중앙 대륙 유저들이 위드와 함께한 시간은 짧았다. 그렇지만 가르나프 평원에서부터 지켜본 것만으로도 콩으로 돈가스를 만든다고 해도 믿을 수 있는 상태였다.

"와, 타자!"

"위드 님의 등에 타는 영광을 경험하게 되다니……."

"우리도 방송 출연하는 거 아니야? 로열 로드 초창기 이후로 방송은 처음인데."

"대박. 완전 초대박!"

위드의 몸에 중앙 대륙 유저들이 1,000명도 넘게 탑승했다.

전원 레벨 400~500대 유저들이라, 이들이 뿜어낼 수 있는 화력도 장난이 아니었다.

위드는 막 하늘로 날아오르기 전에, 뒤늦게 생각난 것처럼 말했다.

―다시 알려 드리지만, 목숨은 보장 못 합니다. 궁수 여러분은 단단히 제 몸을 붙잡고 떨어지지 않아야 돼요. 떨어지면 여러분 탓입니다.

"……."

-전사분들은 케이베른이 공격하는 장소의 공중에서 떨궈 드리겠습니다. 알아서 착지하고 죽을 때까지 싸우세요.

"……."

죽음으로 가는 본 드래곤!

목숨을 책임지지 않는다고 하긴 했지만, 진짜 죽게 생겼다.

"지금 우릴 죽이려는 거야?"

"위드 님, 어째서 적진에 떨어뜨린다는 겁니까?"

중앙 대륙 유저들은 이유를 몰라서 의심을 품었다.

그런데 그때, 부상을 입은 채 한군데에 모여 있는 헤르메스 길드 유저들이 보였다.

케이베른의 광역 마법 공격에도 죽지 않은 이들이 회복을 위해 뒤로 빠져 있는 모습!

위드가 한마디를 덧붙였다.

-다시 돌아온 이상 살아남긴 힘듭니다. 그렇지만 헤르메스 길드도 케이베른에게 다 죽을 테니, 기회라고 생각하세요. 죽기 전에 전리품 끝내주는 거 줍는 겁니다.

적진으로 뛰어들어서 생명력이 경각에 달한 헤르메스 길드원을 처치하고 전리품을 줍는다.

이른바 마지막 한탕 전략!

-가 봅시다. 팔자를 고치기 위해!

"우와아아앗!"

위드는 지상으로 급강하했다.

궁수들은 알아서 화살을 쏘고, 중앙 대륙 유저들은 적당한 위치를 보고 뛰어내렸다.

케이베른이 만든 기회를 이용해서 헤르메스 길드원들을 처치했다.

"거, 건졌다!"

"이거다, 이거!"

중앙 대륙 유저들은 욕심에 눈이 멀어서 전리품을 챙겼다.

삼분의 일 정도는 낙하하자마자 집중 공격을 당해서 죽어 버렸지만, 케이베른의 마법이 쓸고 지나간 지역에는 헤르메스 길드의 고레벨 부상자들이 정말 많았다.

처음에는 정말 이게 될까 하던 유저들도 드러나는 성과에 감탄했다.

케이베른과 헤르메스 길드가 맞붙은 전장에서, 절묘하게 찾아내는 위치 선정.

"이쪽입니다, 위드 님!"

"다음에는 저를 태워 주세요!"

파이톤, 양념게장도 지상에서 싸우다가 장렬하게 전사했지만 각자 아이템을 여러 개씩 챙겼다.

위드는 꽤 이름이 알려진 중앙 대륙의 유저들도 헤르메스 길드의 주요 인물들이 모여 있는 한복판에 떨어뜨려 주었다.

"고맙습니다."

"나중에 봐요, 으하하하하!"

하늘에서 추락하는 유저들.

위드와 중앙 대륙 유저들이 소득을 거두는 사이에도 케이베른은 쉬지 않았다.

지치지 않는 체력과 마법력으로 헤르메스 길드원들을 처리했고, 때로는 땅에 내려온 중앙 대륙 유저들도 공격 대상이 되었다.

-아케인 로어. 악령 소환. 지옥의 불길.

케이베른이 마법을 쓸 때마다 지상은 초토화가 되었다.

헤르메스 길드에서 마법으로 맞받아치거나 방어 마법을 쓰지 않아서 그 피해는 더욱 대단했다.

이윽고 케이베른은 충분한 제물을 바치며 또 다른 흑마법 계열의 궁극 마법을 발동시켰다.

-지옥의 문, 열려라!

하늘에 검붉은 지옥의 문이 나타났다.

태양이 환히 떠 있음에도 하늘이 밤처럼 어두워졌다.

"크웨에에엑!"

"인간이다. 맛있는 인간들이다!"

악마병들이 문을 열고 나와서 인간 사냥에 나섰다.

어떤 유저들은 폭풍에 휘말린 것처럼 지옥의 문으로 빨려 들어갔다.

10분간 발동되는 지옥의 문.

수천 마리의 악마병들이 사냥에 나서면서, 하벤 제국군이나 중앙 대륙의 유저들이나 가릴 것 없이 우수수 죽어 갔다.

위드는 본 드래곤이라 상대적으로 악마병들의 관심으로부터 안전해서, 계속 헤르메스 길드를 공격할 수 있었다.

그러나 드래곤의 전투력에 대해 부담스러운 마음은 훨씬 더 커졌다.

'마법 전투가 되면… 솔직히 감당이 안 된다.'

헤스티거와 사막 전사들이 돌아오더라도 드래곤을 이기기는 어려울 거라는 생각이 들었다.

'정상적이라면 레벨이 1,000은 넘어야 잡을 수 있을 것 같은데. 레벨도 레벨이지만 장비들도 훨씬 좋아져야 할 것 같고.'

드래곤의 마법도 서너 방쯤은 거뜬히 견뎌 내고, 악마병의 공격도 이길 수 있어야 한다.

그러나 세상에 빈틈, 약점이 없는 존재란 없는 법이다.

케이베른을 물리치기 위해서는 정교한 관찰이 필요했다.

'도대체 어떤 약점이 있을까. 혹은 어떤 식으로 싸워야만 유리하게 전투를 이끌 수 있을까.'

전투 방식만이 아니라 외관도 자세히 살필 필요가 있었다.

위드는 은근슬쩍 케이베른에게 가까이 다가가기로 했다.

500미터.

두 눈에 가득 담길 정도로 케이베른의 모습이 선명하게 보인다.

각 관절의 길이와 동작 범위 같은 것들을 확인했다.

400미터.

몸을 뒤덮고 있는 비늘까지 물샐틈없이 살폈다.

블랙 드래곤의 육체란 철옹성처럼 단단했지만, 회복되지 않은 오래된 깊은 흉터도 여기저기 볼 수 있었다.

'옆구리와 앞발의 상처… 비늘이 없는 부분들이 약점이긴 하겠지만 그래도 결정적이진 않겠어.'

300미터.

위드는 날갯짓을 하면서 조심스럽게 움직였다.

케이베른의 뒤통수와 날개, 등에서 꼬리까지 이어지는 빈틈들이 보였다.

'이걸 확 패 버려?'

뒤통수를 보고 있자니 몰려오는 강렬한 유혹.

200미터.

케이베른이 기척을 느끼고 고개를 돌렸다.

블랙 드래곤의 커다란 눈동자에 비친 본 드래곤!

-역겨운 냄새가 난다. 꺼져라!

아직 인간들이 남아 있는 만큼 위드를 공격해 오진 않았지만, 케이베른은 매우 불쾌해했다.

-미, 미안합니다.

위드는 물러서긴 했지만 포기하지 않고 주위를 계속 어슬렁거렸다.

케이베른이 마법으로 공격한 헤르메스 길드 유저들을 처리하기도 하면서 이득을 챙겼다.

"위드를 죽여!"

헤르메스 길드가 공격해 오면 재빨리 케이베른의 뒤로 숨었다.

철저하게 이용하는 얍삽함!

결국에는 인내심이 부족한 드래곤의 신경을 건드리고 말았다.

-눈보라!

짧은 순간에 온도가 영하에서도 한참 밑으로 떨어지고, 눈과 얼음이 휘날리기 시작했다.

위드는 자신을 향해 몰아쳐 오는 눈보라를 보고 뒤로 피하려고 했지만, 이미 사방을 둘러싸이고 말았다.

-결빙!
몸이 얼어붙고 있습니다.
초당 2,896의 생명력의 피해!
이동속도가 36% 저하됩니다.

케이베른의 마법이 인간이 아닌 위드를 목표로 사용되었다. 마법 저항력이 꽤 높은 본 드래곤임에도 적지 않은 피해를 입었다.

위드도 당하고 있지만은 않았다.

'어차피 이럴 줄 알았다. 애초에 저 드래곤은 믿을 놈이 아니었어.'

지금까지 알뜰하게 마나와 체력, 생명력을 모아 놓았다. 그리하여 숨을 깊이 들이마신 뒤에, 가까운 곳에 있는 케이베른을 향해 토해 냈다.

-산성 브레스!

위드의 입에서부터 일직선으로 뻗어 나간 브레스가 케이베른의 몸을 뒤덮었다.

-감히……!

10여 초 뒤에 브레스가 멈추고 케이베른의 육체가 드러났다.

매끈하게 잘빠진 블랙 드래곤의 몸이 얼룩이 진 것처럼 더러워져 있었다.

생명력에도 제법 타격이 생겼겠지만, 그 정도로는 큰 위협을 가할 수 없었다.

"뭐, 뭐야."

"위드가 드래곤을 공격했다."

헤르메스 길드원들이 눈을 동그랗게 뜨고 바라보았다.

눈앞에서 본 드래곤과 블랙 드래곤이 맞붙은 것이다.

-전소!

불의 상급 마법.

케이베른이 상대를 불태워 버리는 마법을 발동시켰다.

마법 저항력이 낮은 대상을 완전히 잿더미로 만드는 궁극
마법.

위드의 얼어붙어 있던 온몸의 뼈마디가 뜨겁게 타올랐다.

-몸이 타오릅니다.
초당 5,317의 피해!
맷집과 마법 저항력이 빠르게 감소합니다. 매초마다 3%씩 줄어듭니다.

막강하기 짝이 없는 본 드래곤의 육체는 아직까진 건재했
다. 그렇지만 육체에 적용된 전소 마법을 해소하지 못하면
계속 생명력에 피해를 입을 것이다.

'이판사판이다.'

위드는 지상에서 날개를 펼치고 그대로 드래곤을 향해 몸
을 날렸다. 불덩어리가 된 채로 전속력으로 날아서 케이베른
에게 부딪친 것이다.

케이베른이 깜짝 놀라서 피하려고 했지만, 양쪽 다 200미
터가 넘어가는 거대한 몸을 가지고 있었다.

쿠당탕탕!

본 드래곤과 블랙 드래곤이 뒤엉켜서 함께 굴렀다. 지진이
난 것처럼 땅이 흔들리며 헤르메스 길드 유저들이 바닥에 깔
렸다.

-거대한 충격으로 생명력이 97,000 감소하였습니다.

본 드래곤의 몸에 230만이 넘는 생명력이 있더라도 전소 마법을 해제하지 못하니 시한부 인생이었다.

－죽어라, 솔직히 못생긴 도마뱀아!

위드는 케이베른의 등을 네발로 안고 달라붙어서는 목덜미를 물어뜯었다.

－약점 공략!
당신의 물어뜯기가 상대의 연약한 부위를 공략했습니다.
생명력을 42,385 감소시켰습니다.

－이빨의 내구도가 감소했습니다.

－이 썩어서 바스러질 뼈다귀가 감히!

케이베른이 몸을 떨쳐 내려고 했지만 위드는 쉽게 떨어지지 않았다.

본 드래곤이 가진 최고의 기술 중 하나가 바로 물어뜯는 것이었다.

－너도 시커먼 도마뱀이야!

위드는 닥치는 대로 몸을 물어뜯었다.

블랙 드래곤의 단단한 육체 때문에 강철을 깨무는 느낌이었지만, 신경 쓰지 않았다.

이빨이 깨질 정도로 물고 늘어지면서 발톱으로는 사정없이 케이베른의 몸을 긁어 댔다.

파바바밧!

무자비한 공격의 연속.

−저리 썩 꺼져라!

케이베른이 떨쳐 내려고 몸부림을 쳐 봐도 허사였다.

위드는 온몸을 감고 단단히 붙어 있었다.

헤르메스 길드 유저들은 진심으로 깜짝 놀랐다.

"허억! 이게 뭔 일이야."

"드래곤끼리 엉켜서 싸우네. 심지어 저 본 드래곤은 위드야."

"대박이다. 괴수 영화를 보는 것 같아."

다들 얼이 빠져 버렸다.

2마리의 드래곤이 뒤엉켜서 개싸움을 하다니!

위드는 평소에 검을 이용한 깔끔한 전투를 선호했다. 일부러 맞아 주면서 맷집을 키우기도 하지만, 그조차도 철저하게 계산되어 있는 일.

가끔 전투에 푹 빠지면 과격하게 싸우면서도 냉정함은 끝까지 유지했다.

−크와아아앙!

−가라! 저리 가!

땅을 뒹구는 케이베른과 위드!

'이 도마뱀, 생각보다 못 싸운다.'

위드는 그 와중에도 정신을 바짝 차렸다.

드래곤이 이런 개싸움을 경험해 본 적이 한 번이라도 있었을까.

인간들과 공방전을 펼칠 때에도, 어느 정도 상식선의 전투를 펼쳤다.

막상 거대한 본 드래곤이 등에 붙어서 사냥개처럼 목덜미를 물어뜯자 쉽게 떨쳐 내지 못하는 모습이었다.

'드래곤의 전투 기술 자체는 상당히 어설퍼.'

위드는 검술 도장을 다니던 기억을 떠올렸다.

최종범!

도장의 사범이면서 로열 로드에서는 검삼치라는 이름을 쓰는 그의 육체는 흉기, 그 자체였다.

근육과 흉터, 살벌한 얼굴까지!

"크흠, 여름에는 역시 쭈쭈바지."

그가 이현과 함께 도장에서 훈련을 하다가 웃통을 벗은 채 인근 편의점에 갔던 사건은 전설로 남아 있었다.

"헛."

"후왁!"

"꺽!"

거리에서부터 사람들이 깜짝 놀라서 시선을 떼지 못했다.

뜨거운 햇빛 아래 근육질의 몸은 계곡처럼 쩍쩍 갈라져 있었다. 근육 사이로 줄줄이 흐르는 땀.

남자, 여자, 노인, 어린아이 할 것 없이 모두가 그저 지켜보게 만드는 멋진 육체였다.

"사형, 맨날 운동만 하는 것 같은데, 어릴 때 취미가 뭐였어요?"

"권투."

"열 살 때도요?"

"응. 어퍼컷이 주특기였는데, 나보다 큰 형들을 한 방에 보내는 느낌이 끝내줬다고 할까."

취미로 무술을 하는 남자.

단증도 무시무시하게 많았지만 본인은 잘 기억도 하지 못하는 수준이었다.

킥복싱과 주짓수에 빠져서 종합격투기에도 관심을 두었다.

"대회에 출전한 적도 있어. 일곱 번 싸워서 전부 KO로 이겼지."

"선수를 할 생각은 없으셨어요?"

"응. 검을 들었을 때의 날카로운 긴장감이 없어서 재미가 떨어지더라. 힘과 체력으로 밀어붙이면서 마구 패 버리면 되었으니까."

최종범은 전형적인 돌진형 파이터였다.

문제는 그 괴물 같은 돌진을 막아 낼 만한 이가 거의 없다는 점. 주먹과 몸으로만 싸우면 그를 이길 사람은 도장 내에 아무도 없었다.

"막내야, 검술도 좋지만 몸을 단련해야 된다. 어떤 좋은 기술이라도 기본적으로 몸을 바탕으로 펼쳐 내는 거야. 약한 몸으로 펼칠 수 있는 좋은 검술은 없다."

"예, 사형."

이현은 쉬는 시간 틈틈이 최종범과 각종 격투기를 하며 놀았다.

'의외로 쓸모가 많네.'

도장을 다니는 이유는 로열 로드에서 사냥을 잘하기 위함이었다.

상대방의 힘을 교묘하게 흘려서 맞는 것부터, 다양한 방식으로 자세를 무너뜨리는 법도 배웠다.

"검은 날카롭고 강하기 때문에 한순간의 공격만 성공시키면 된다. 사실 그게 가장 어렵기는 하지만."

"주먹으로도 한 방에 보낼 수 있지 않나요?"

"되지. 근데 상대방도 실력자라면 흘려서 맞을 줄 알아. 정확한 공격은 허용하지 않을 거다. 그래서 관절기로 이어지기도 하고… 흠흠, 배워 놓으면 쓸모가 많을 거다."

"이걸 어디에 쓰는데요?"

"언제든지. 술 취한 사람이 괜히 시비를 걸 수도 있고… 보통 험한 세상이 아니잖냐. 어떤 돌발 상황에서도 자신을 지킬 수는 있어야지."

–크와아아앙!

위드는 포효를 터트리며 케이베른의 목덜미를 계속 물어
뜯었다. 드래곤의 거대한 육체를 4개의 발로 압박하면서, 본
능에 가까운 체중 이동을 하며 버렸다.

'사형한테 그라운드 기술을 배운 게 이럴 때 효과가 있네.'

마법으로 인해 몸이 불타고 있었지만 할 일은 해야 했다.

–상대의 급소를 물어뜯었습니다.
 위험한 공격을 성공!
 생명력 67,387를 감소시켰습니다.
 부상 부위의 방어력이 2.6% 줄어듭니다.

케이베른과 함께 바닥을 나뒹굴면서 물고 흔들 때마다 생
명력이 몇만씩 감소한다.

문제는 케이베른의 어마어마한 생명력과 방어력이다.

위드가 필사적으로 몸으로 누르면서 물어뜯음에도 불구
하고, 이 정도의 공격으로는 드래곤이 죽기에 아득하게 모
자랐다.

"파이어 에너지."

"영겁의 피격!"

그때 헤르메스 길드원의 공격이 들어왔다.

그들에게는 위드도 적이었기 때문에 케이베른과 위드를 가리지 않고 공격했다.

몸은 불타고, 땅을 뒹굴 때마다 생명력이 감소하는데, 여기에 헤르메스 길드의 공격까지 당한다.

위드는 불과 2~3분을 버티기 어렵다는 사실을 알았다.

-갈기갈기 찢어 죽여 주겠다!

땅을 뒹굴던 케이베른도 비틀거리면서 몸을 제대로 세웠다.

위드가 혼신의 힘을 다해 눌렀지만, 엎드려 있던 상태에서 뒷다리의 힘만으로 일어난 것이다.

본 드래곤이 비슷하게 거대하다고는 하지만 뼈밖에 없는 깡마른 몸. 기본적인 힘과 체중은 케이베른이 훨씬 세고 무거웠다.

-뇌전 폭풍!

케이베른이 빠르게 마법을 시전했다. 그러자 주변에 수백 개의 벼락이 휘몰아쳤다.

-벼락에 강타당했습니다!
 짜릿한 전기의 힘이 몸을 관통합니다.
 생명력이 126,183 줄어듭니다.

얼음과 불, 벼락까지 당하고 있었다.

'나를 공격하기 위해 기꺼이 자기 자신을 표적으로 삼았구나.'

의도를 빤히 알면서도 위드가 할 수 있는 것은 없었다.

케이베른의 비늘은 막강한 마법 저항력으로 벼락을 거의 무효화시켜 버렸지만, 본 드래곤은 뼈마디가 시렸다.

이것이 진짜 드래곤과 본 드래곤의 차이!

위드는 사자후를 터트렸다.

—모든 헤르메스 길드원들은 드래곤을 집중 공격해라! 케이베른을 먼저 해치우고 그다음에 나를 죽여! 드래곤을 죽일 수 있는 엄청난 기회이고, 영광이다!

위드에게 헤르메스 길드는 지독한 악연으로 엮인 사이였지만, 베르사 대륙을 위태롭게 만들 수 있는 드래곤부터 정리할 필요가 있었다.

더구나 말과는 다르게, 막상 드래곤이 죽고 나면 혹시 살아서 도망칠 수 있을지도 모를 일.

혼자서 드래곤을 잡는 건 도저히 무리라고 여겼기에 헤르메스 길드의 도움을 청했다.

"그냥 다 죽여!"

"위드의 말을 믿지 마라!"

그러나 헤르메스 길드원들의 반응은 기대와는 정반대.

그들에게도 드래곤이란 실로 대단한 존재이기는 했지만,

바드레이까지 이긴 위드를 죽이는 것도 큰 의미가 있었다.

위드의 요청에도 불구하고 헤르메스 길드의 공격은 무차별적으로 이루어졌다.

"바로 죽여 버려!"

"위드는 워낙 잔머리가 뛰어난 녀석이라 무슨 수를 써서 빠져나갈지 몰라. 적어도 위드만은 확실히 죽이자!"

헤르메스 길드 유저들은 위드에 대해 잘 파악하고 있었다.

위드는 그들의 공격을 무시하고 드래곤을 물어뜯었지만, 슬슬 사냥에 성공할 가능성이 없다는 걸 느끼고 있었다.

실낱같은 희망도 보이지 않는 상태!

–강제 균열 파괴!

케이베른이 또다시 마법을 쓰면서 위드의 몸이 조각조각 부서졌다.

단단한 갈비뼈가 우수수 깨지면서 땅으로 떨어졌다.

–마법에 의해 신체가 파괴됩니다.
　생명력의 최대치가 55% 감소합니다.
　남아 있는 생명력이 30% 줄어들었습니다.

터무니없을 정도로 강력한 마법이었다.

위드의 뼈마디가 부서지면서 케이베른은 자유의 몸이 되었다.

거대하던 본 드래곤의 육체는 팔과 다리, 날개의 일부가 부서진 채 누더기로 변하고 말았다.

케이베른은 분노의 포효를 터트렸다.

-한 줌도 남기지 않고 완전히 없애 주마!

얼마나 위드를 싫어하는지, 마법을 써서 곱게 죽이는 대신 숨을 크게 들이마셨다.

위드는 가까이에서 블랙 드래곤의 몸이 풍선처럼 부풀어 오르는 것을 봤다.

명백하게 브레스의 준비 자세였다.

-이 도마뱀, 다음에 꼭 두고 보자!

케이베른이 입을 열면서, 쏟아져 나온 브레스가 위드의 몸을 강타했다.

수십 개의 메시지 창이 순간적으로 떠오르고, 마지막 남은 단 하나.

-생명력의 저하로 사망하셨습니다. 24시간 동안 로그인이 불가능합니다. 죽음으로 인해 레벨과 스킬의 숙련도가 하락합니다.

불타는 아렌 성

가르나프 평원의 전투가 끝나고, 세상이 바뀌었다.

방송국마다 선물 꾸러미들을 들고 이현의 집으로 급하게 찾아왔다.

"약소하지만 산삼을 좀 가져왔습니다. 최근 5년 사이에 시장에 나온 것 중에 가장 오래되고 큰 것인데, 원기를 보충하시라고 준비해 봤습니다."

"으하아아암!"

이현은 늘어져라 기지개를 켰다.

그에게도 가르나프 전투는 여간 피곤한 게 아니었다. 잠을 푹 잤는데도 여전히 피로가 남아 있다고 할까.

"이런 거 귀하지 않나요?"

"돈을 주고도 못 사는 겁니다."

"안 그래도 몸이 허한 느낌이었는데 비빔밥에 넣고 비벼
먹으면 딱이겠네요."

"허… 허헛, 그렇죠. 요즘 비빔밥 하면 200년 묵은 산삼 비
빔밥 아닙니까. 더 좋은 게 있으면 언제든 구해 오겠습니다."

"정 그러시다면야……. 고맙게 받긴 하겠지만 자꾸 염치
가 없어서요."

"뭘요. 다 정이죠, 정."

KMC미디어의 강 부장은 넉살 좋게 웃어넘겼다.

이현과는 어떤 말을 나누더라도 속마음을 전달할 수 있는
관계였다.

―산삼입니다.

―비싸겠네요.

―값을 따지기 어렵죠.

―몸에 좋은 거니 부담 없이 잘 먹겠습니다.

―편안히 드십쇼. 다른 거 더 가져오겠습니다.

대략 이런 뜻을 나누었다.

그 뒤로 강 부장은 30분에 걸쳐서 가르나프 평원의 전투에
대한 특집 영상 계약이나, 로열 로드의 방송 협조 등을 요청
하고 갔다.

베르사 대륙의 새로운 지배자가 아르펜 왕국이라는 것을 인정하고 서둘러 협상을 마친 것이다.

CTS미디어에서는 신임 전무이사가 직접 찾아왔다.

"그러니까 우리 CTS미디어에서는 로열 로드에 대한 프로그램 편성을 늘리고, 다양한 취향의 시청자들을 만족시킬 수 있도록……."

무려 10분에 걸친 방송국 소개.

"알고 있긴 하지만 역시 유명한 방송국이라 다르긴 하네요."

이현의 미간이 찌푸려질 무렵, 전무이사는 상자를 하나 꺼냈다.

"참, 프랑스에서 직접 버섯을 좀 가져왔습니다."

"집에 버섯은 많은데……."

"트러플. 정말 귀한 송로버섯입니다."

"라면에 넣어 먹어야 되겠군요."

"라면에요? 그럼 향과 맛이 다 죽을 텐데요. 이거 트러플 중에서도 최상품입니다. 드실 줄을 모르시는군요."

이현은 눈치 없는 말에 한숨을 쉬었다.

상대방이 세상을 너무 순진하게 살아온 것이 아닌지 의심도 되었다.

'쏟아지는 뇌물 속에 싹트는 거래 관계와 정이 있는 건데. 아무리 시대가 바뀌었더라도 인간관계가 그런 게 아닌데 말

이야.'

상대방의 정성과 진심을 알기 위해서는 뇌물이 있어야 할 게 아닌가!

'뇌물이 나쁜 게 아니지. 뇌물을 받고 해선 안 될 걸 해 주는 게 문제가 되는 거고, 양심껏 깨끗하게 받으면 문제가 안 돼.'

세계적인 사회학 잡지가 있다면 반드시 실려야 할 양심 뇌물 이론.

그에 비해서 다른 방송국들은 기본적으로 접대를 할 줄 알았다.

"동네 마실용 자전거가 필요하다고 하셨죠? 이탈리아에서 수작업으로 만들었습니다. 투르 드 프랑스 우승자와 동일한 한정판입니다."

"흠, 빛깔이 좋아 보이는군요."

"페인트에 금가루를 좀 뿌렸습니다."

"저희는 이번에 개국한 RTP입니다. 수도권 지역 위주로 방송을 하고 있는데요. 백화점 상품권을 백 장 정도 챙겨 왔습니다. 지역 시장을 자주 가신다고 해서, 시장에서 쓸 상품권도 가져왔습니다."

"적절하네요."

"약소한 성의니까 부담 없이 받아 주십시오, 하하하."

"혹시 술 좋아하십니까? 세계 5대 와인을 좀 챙겨 왔는데, 명성에 비해서는 그냥 별것 아닙니다. 쥐포랑 같이 드세요."

"운동 기구를 좀 사 왔습니다. 로잉머신이라고… 체력 관리하기에는 좋습니다."

"최신형 컴퓨터와 가전제품들이 곧 올 겁니다. 특히 냉장고가 괜찮은 건데요. 1,000만 원이 좀 넘긴 하지만, 작은 마음의 선물입니다."

이현이 방송국 관계자들과 돈독한 정을 쌓는 동안에 대문 앞에는 물건들이 끝도 없이 쌓이고 있었다.

"오빠! 집 앞에 트럭들이 가득해!"

집 밖으로 나갔다 온 이혜연이 놀라서 외쳤다.

전 세계 방송국들이나 팬들이, 헤르메스 길드와 바드레이를 이긴 기념 선물들을 보내오고 있었다.

주로 과자류가 많았지만 간혹 명품도 있었다.

평소에 이현은 팬들로부터의 선물을 일절 거절한다고 했었다.

-역시 위드 님은… 츤데레야. 말로는 우릴 막 착취한다고 하면서도 부담 안 가도록 해 주는 거 봐.

-캬… 인성 보소. 위드 님처럼 실제 성격과 거꾸로 소문이 났던 분이 없어요.

-위드 님이 마법의 대륙에서 무슨 학살자였다던데요.

-아마 그쪽 길드들이 헛소문을 퍼트린 거겠죠. 직접 본 게 아닌 이상 믿지 마세요.

-악의적인 소문이 확실함. 제 눈썹도 걸 수 있음.

실제로 이현의 생각은 달랐다.

'마법의 대륙에서부터 나한테 원한을 가진 사람이 한둘이 아니지. 대학교가 알려진 것도 문제지만 주소도 알아낸 이들이 너무 많아.'

언제 적과 마주칠지 몰라서 더 열심히 육체를 단련했다.

로열 로드에서 레벨이 오를 때마다 실제로도 그만큼 강해져야 자신을 지킬 수 있다고 믿었다.

더구나 팬들이 선물이라고 보내온 것 중에 무엇이 있을지 모르는 법!

'폭탄, 화학약품이 있을지도 모른다는 게 괜한 걱정만은 아닐 거야. 세상은 오랫동안 길게 살아야 해.'

이현은 그렇게 생각하며 모든 선물을 거절했지만, 이제부터 주는 건 그냥 받기로 했다.

로열 로드에서 명성을 날리면서 그는 유명인이 되었다.

정부에서도 테러를 의심해서 미리 점검을 해 주기로 했고, 집 주변에 경찰들도 상주하고 있었다.

'집에서 쓸 수 있는 만큼만 가져가고, 나머지는 다 기부하면 되겠지.'

동네에 어려운 사람들도 많다.

공짜로 받은 선물들을 돌려보낼 바에야 어려운 분들에게

나눠 주는 것이 더 의미가 있으리라.

이현은 오른쪽에는 서윤, 왼쪽에는 이혜연을 데리고 동네로 나섰다.

바드레이를 이기고 하벤 제국을 격파한 이후의 첫 나들이.

특별히 머리에 젤도 발라서 멋을 부리고, 깔끔한 새 옷도 입었다.

'자리가 자리인 만큼 슬슬 사람들의 이목에도 신경을 써야 될 때지.'

예전처럼 봄에 입기 시작한 청바지를 한 번도 빨지 않고 3년 내내 입는 짓은 하지 않으리라.

'청바지는 원래 그런 낡은 맛에 입는 거긴 하지만, 앞으로는 석 달에 한 번씩은 빨아야지.'

이현의 패션 감각도 조금은 긍정적으로 바뀌어 있었다.

깔끔한 남방에 면바지.

그동안은 노가다를 뛴 직후의 옷차림이었다면, 이제는 적어도 평범하게 봐 줄 정도는 되었다.

'동네 사람들부터 나를 보고 좀 놀라겠군. 확 바뀐 외모에 말이야. 평소에 꾸미지 않아서 그렇지, 세수를 하고 거울을 보면 꽤나 쓸 만했어.'

두근거리는 심정으로 나선 대문.

이혜연과 서윤도 흰 티셔츠에 청바지 차림으로 따라왔다.

"와……."

"미모가 장난이 아니다. 작년에 본 적이 있는데, 더 예뻐졌어."

"풀죽신교의 단결력을 이해하지 못했는데… 알겠다. 이건 충성해야 한다."

"미모가 범죄야. 무조건 다 빠져들게 만들잖아."

거리에서 마주치는 사람들마다 서윤을 보고 정신을 놓아 버렸다.

이혜연도 혼자 돌아다닐 때는 남자들의 시선을 모았지만, 곁에 서윤이 있으니 평범해졌다.

모든 사람들의 눈동자에 서윤만 비친다.

심지어 이현은 존재감마저 희미해서, 당장 사라질 지경!

"예쁘면 밥이 나오나, 돈이 나오나. 크흠… 골고루 다 나오긴 하는구나."

아름다운 외모가 지배하는 더러운 세상!

이현은 여동생과 서윤을 데리고 단골 부동산에 방문했다.

"오, 자네 왔는가."

부동산 중개사 아저씨가 반갑게 맞이해 주었다.

어릴 때부터 반지하 월셋집을 몇 번이나 계약해 왔는데, 그때마다 나름 부족한 금액으로 최대한 좋은 집을 얻어 주려고 노력해 준 사람이었다.

집주인이 횡포를 부리면 막아 주기도 한 추억 덕에 그 이후로도 쭉 이용하고 있는 부동산이었다.

"네. 별일 없으셨죠?"

"그럼. 뭐, 이쪽이야 자네 덕에 관광지가 다 되어서 상가 가격이 많이 올랐지. 저 앞쪽의 빵 가게는 3달 사이에 2억이 올랐어."

"2억이나요?"

"응. 장사가 예전보다 훨씬 잘되어서 팔 생각은 없는 모양이야."

"으윽."

이현은 배가 살살 꼬이는 걸 참으며 소파에 앉았다.

동네에 꽤나 많은 부동산을 가지고 있지만 상가는 아직 손을 대지 못한 상태였다.

"일단 커피 한 잔 주세요."

"믹스 괜찮나?"

"그럼요. 커피는 역시 믹스죠."

이현은 부동산에 오면 꼭 믹스 커피를 마셨다. 밥을 먹고 오지 않았을 때는 공짜 짜장면은 필수!

"여기 있네."

부동산 중개사 아저씨는 이현과 서윤, 이혜연에게도 커피를 한 잔씩 타 주었다.

"고맙습니다."

"잘 마시겠습니다!"

아저씨는 이혜연을 보면서 씩 웃었다.

그녀에게는 흑역사라고 할 수 있는 왈가닥 꼬맹이였던 시절을 그는 어제 일처럼 기억하고 있었다.

그가 막 부동산 일을 시작할 때만 해도 부모 없이 자라던 이현과 이혜연이 어느새 훌쩍 성장했다.

특히 이현은 자수성가의 표본이라고 부를 수 있을 정도였으며 동네의 유지로 인정을 받았다.

'어릴 때는 딱 도둑질을 하거나 사기꾼이 될 줄 알았는데……'

이현이 커피를 다 마시고 말했다.

"아저씨, 이 앞에 있는 빌딩 사러 왔습니다."

"빌딩?"

"예. 1층에 마트 있는 여울 빌딩요. 매물로 나온 거 맞죠?"

"나와 있는 건 맞는데… 저걸 정말 사려고?"

이현이 여동생과 서윤까지 데리고 부동산 나들이를 온 목적은 건물 때문이었다.

1년 반 전부터 노려 오던 대로변의 8층짜리 빌딩!

가격이 무려 150억이나 되는 큰 매물이었는데, 이번에 방송국들의 광고 수입이나 캐릭터 사업들을 정산하면 충분히 살 수 있는 형편이 되었다.

'돈은 빌리는 게 아니야.'

은행 대출도 받지 않을 생각이었다. KMC미디어에서 시청료를 바로 정산해 주기로 했으니까.

이현은 입꼬리를 쓱 올리며 웃었다.

'건물주야말로 꿈의 종착지. 인생에서 최종 테크라고 할 수 있지.'

부동산 부자의 마지막 단계.

동네에 땅을 조금씩 사 놓기는 했지만 자고로 건물주가 최고라고 생각했다.

한 층, 한 층 월세를 받아먹으면서, 건물주 이현이라고 적힌 명함을 만들 작정이었다.

'어릴 때의 꿈을 드디어 이루는구나. 로열 로드가 망해도, 이 건물만 뜯어먹고 살아도 굶어 죽을 일은 없겠지. 이제 내 아들이 태어나면 건물주 아들, 딸이 태어나면 건물주 딸이야. 대대로 건물주 집안이 되는 거지.'

이현은 오후까지 기다려서 건물주를 만나 잔금까지 치러 버리고 명의 이전까지 당일에 모두 끝냈다.

"드디어 해냈구나."

부동산을 나오며 이현은 허리를 쭉 폈다.

어릴 때부터 쭉 어깨를 짓누르던 가난이라는 무거운 짐.

잠을 잘 때에도 머릿속을 옥죄어 오던 돈에 대한 스트레스가 후련하게 풀린 기분이었다.

한편으로는 그동안의 고생이 다 끝났다고 생각되니 후련하면서도 섭섭했다.

　"내 건물이 있으니 앞으로 200원 더 비싼 소금을 먹으면서 살아도 되는 건가……."

　이제부터는 밝은 미래만이 남아 있으리라고 생각했다.

　'그래도 앞으로도 사냥을 하고, 퀘스트도 진행하고…….
후, 돈에 대한 욕심도 버리고, 앞으로의 인생은 편안하게 살면 돼.'

　자잘한 취미도 만들고, 때로는 마당에서 햇볕도 쬐면서 느긋하게 살아가리라.

　'내일부터는 달라질 거야. 돈이 다 뭐라고……. 더 이상은 연연하지 말고 삶을 즐기자. 세상이 얼마나 아름다운 곳인가.'

　날씨도 화창하고, 바람은 적당히 시원했다.

　'삶이 이렇게 아름다운 것이었다니.'

　이현은 저녁을 먹고 행복하게 잠이 들었다.

　그리고 다음 날 이른 새벽에 일어났다.

　방송국들이 선물한 영양제와 비타민을 먹고, 부지런히 도장으로 달려갔다.

　"열심히 훈련을 해야지! 몬스터를 1마리라도 더 때려잡기 위해서는 말이야."

　이현에게 사냥 속도란 무엇보다 중요한 가치였다.

　몬스터는 곧 돈!

이번에 떨어진 레벨도 올려야 하고, 전투 업적에도 슬슬 관심이 많아졌다.

조각사 시절에는 전투 업적을 얻기가 어려웠지만, 네크로맨서가 되고 나서부터는 꽤나 짭짤했다.

이현은 검술 도장에 여러 개의 현수막이 걸려 있는 것을 보았다.

축 베르사 대륙 정복!

우리는 전사들이다. 검을 들어라!

단기 속성, 사막 전사 과정. 학생, 직장인 환영. 여성 대환영!

도장 입구에도 검술을 배우고 싶어 하는 사람들 수백 명이 줄을 서 있었다.

미식축구를 하면 어울릴 듯한 건장한 체격의 백인이나 흑인도 여럿 눈에 띄었다.

이번 전투에서 검치와 사막 전사들은 대활약을 펼쳤고, 여러 방송국들이 이들을 주목했다.

그 결과가 대대적인 도장 신규 고객 행렬로 이어지게 된 것이다.

   당신들이 우리의 자랑입니다. - 서구청장

   멋진 사나이들의 땀. - 강한 사내 조기 축구회

   전진하라. 전진하라. 우린 해낼 것이다. - 팔공 유격대

   우린 쓰러지지 않는다! - 꽃보다 사나이

   정문에는 지역 정치인, 기업, 단체 등이 보내온 화환도 줄지어 놓여 있었다.
   "막내야, 이쪽으로 와라."
   김인상.
   검사백이십칠치로 활약하는 그가, 이현이 온 것을 보고 뒷문으로 이끌었다.
   "사형, 사람들이 많네요."
   "응. 네가 온 걸 알면 저 사람들이 폭동을 일으킬지도 몰라."
   "스승님이 좋아하시겠어요."
   "아무래도 그렇지. 저들 중에서 제대로 배울 수 있는 사람

은 일 할도 되지 않겠지만."

스포츠센터나 격투 학원이 보통, 꾸준히 다니는 사람들은 소수였다.

사나흘 열심히 다니다가 발길을 끊는 경우가 다반사고, 어떤 이들은 가입만 해 놓고 한 번도 방문하지 않는 경우도 있다.

안현도의 도장은 그런 면에 있어서는 확실했다.

어마어마한 훈련량과, 실전을 방불케 하는 치열함!

이 두 가지 덕에, 1달 이상 다니는 사람이 드물었다.

이현은 도장에서 땀을 듬뿍 흘린 후 안현도와 사범들과 함께하는 자리를 가졌다.

"스승님, 사형들. 이번에 제가 제안을 드릴 게 있습니다."

KMC미디어와 CTS미디어.

대형 방송국들을 만나서 먼저 이야기했던 내용이 있었다.

"전문적인 전사들을 위한 프로그램! 요리사들이 식재료를 가지고 요리 경쟁을 하는 것처럼, 전사들이 몬스터와 싸우는 프로그램을 만들었으면 좋겠습니다."

이현이 원하는 프로그램은 방송국 입장에서는 그다지 새

로운 것이 아니었다.

로열 로드는 다양한 종류의 여가 프로그램을 만들어 냈고, 몬스터 사냥에 대한 것도 당연히 있었다.

"진짜 전사들, 그러니까 정말 잘 싸우는 사람들이 출연하는 겁니다. 시청자들이 보면 심장을 두근거리게 만드는, 그리고 실제로 도움도 될 정도로요."

방송국 관계자들은 이 말에도 그렇게 끌리진 않았다.

대형 방송국이라면 제대로 된 프로그램 하나를 편성할 때, 내부 회의를 몇 번씩 하고 파일럿을 제작해서 시청자 반응을 살핀다.

그런데 이현의 제안은 딱히 주제가 참신한 것도 아니고, 독보적인 시청률을 기록할 것 같지도 않았다.

차라리 이현이 접속해서 모험이나 아르펜 왕국과 관련된 프로그램을 내보내면 그게 더 높은 인기와 주목을 받을 수 있었다.

몇 마디 설득해 보다가 안 통한다 싶자, 이현은 한마디를 더 덧붙였다.

"그래서, 안 됩니까?"

"……."

"방송 만들기 싫어요?"

방송 프로그램 편성 확정!

방송국들 입장에서는 갑질이라고 할 수도 있었지만, 그래도 완전히 터무니없는 이야기는 아니라서 받아들이기로 했다.

"위드의 뜻대로 하지."

"국장님, 그래도 방송사가 개인에게 휘둘리는 건 좋지 않습니다."

"그래서 어쩌자고. 위드랑 싸울 거야?"

"그건 아닙니다."

방송국들은 진정한 전사들을 위한 프로그램을 만들기로 했고, 요즘 가장 유명한 이들을 상대로 포섭을 시작했다.

파이톤이 손에 꼽혔고, 베르사 대륙 레벨 최정상의 헤르메스 길드원들도 몇몇 대상이 되었다.

그렇지만 가장 영입하고 싶은 인물들은 안현도와 사범들, 수련생들이었다.

검치, 검둘치, 검삼치, 검사치, 검오치…….

그들이야말로 가장 전사다운 전사였다.

"사형들이 방송에 출연할 수 있는 자리를 만들었습니다."

이현의 회심의 제안에도 불구하고 안현도는 쉽게 받아들이지 않을 듯했다.

"우리가 연예인도 아니고, 무엇 때문에 광대가 되어야 하느냐?"

"사형들이 얻을 이점이 많습니다."

이현은 몇 가지 이유를 들어서 설명하기로 했다.

"우선은, 사형들이 사람들을 만날 수 있다는 점입니다. 맨날 도장에서 땀만 흘리는 사형들에게 잠깐이라도 여자를 만날 기회가 생기는 것이죠. 운이 아주 좋다면 연애도 할 수 있지 않겠습니까."

"좋구나!"

첫 번째 이유만으로도 여유롭게 방송 출연 확정!

"두 번째로는, 명성을 얻을 수 있습니다. 사형들이 나중에 도장을 연다면 인기가 큰 도움이 될 겁니다."

"무도가에게도 명성이 중요하긴 하지."

안현도는 공감할 수 있었다.

세상을 뒤집어 놓을 대단한 실력을 갖추었더라도, 그게 알려져 있지 않다면 의미가 없는 시대를 살고 있었다.

"사형들이 좋아하는 일을 실컷 할 수 있는 기회입니다. 사람들의 주목을 받으며, 진짜 위험하고 짜릿한 전투를요."

이현은 그렇게 사형들의 일자리를 만들어 주었다.

도장에서는 강해질 수 있지만, 세상에 그 힘을 쓸 역할을 만들어 주는 것.

'내 사람들은 내가 챙겨야지.'

막상 전쟁이 벌어지면, 사형들의 존재가 승패를 좌우할 정도로 큰 역할을 할 정도는 아니다.

그렇지만 사심 없이 도와주려고 하는 사람들에게 돈 안 들이고 할 수 있는 일은 기꺼이 해 줘야 한다고, 이현은 그렇게 믿었다.

"오빠, 여기 보고서야."

집에 돌아온 후, 이현은 여동생으로부터 짜임새 있게 정리된 베르사 대륙의 현황을 받아 살필 수 있었다.

"음, 헤르메스 길드의 피해가 크긴 했군."

아르펜 왕국의 최근 일주일 세금 수입에서부터, 가르나프 평원에서 소모한 물자와 벌어들인 자금.

하벤 제국이 소모한 병력과 헤르메스 길드 유저들이 잃어버린 장비들의 잠정 수치까지 볼 수 있었다.

"자, 23,000원."

이현은 흔쾌히 자료 정리를 해 준 여동생에게 용돈을 주었다.

"자료가 깔끔해서 3,000원 더 넣었어."

"고마워."

"그래. 너무 돈만 밝히지 말고. 돈이 세상의 전부는 아니야."

"알았어."

문득, 이제 건물주도 되었으니 여동생을 미리 단속해야 된다는 생각이 이현의 머릿속을 스치고 지나갔다. 그러지 않으면 흥청망청 돈을 다 써 버리고 말리라!

이현의 표정이 엄숙해졌다.

"식당에서 파는 맛있는 음식은 뭐다?"

"건강에 안 좋을 수 있다. 위생 상태를 확인하지 않았다. 과식은 바람직하지 않다."

"옷은?"

"단정하게. 유행을 타는 화려한 옷들은 잠깐의 만족일 뿐이다."

"휴대폰은?"

"통화만 간단히. 최저 요금제를 초과하지 않도록 조심한다."

이혜연의 대답은 이현이 원하는 정답만을 이야기하고 있었다.

부모님이 안 계신 탓에 일곱 살 때부터 세뇌시켜 놓은 삶의 방식!

"남자는?"

"경계한다. 저녁 늦게 만나지 않는다. 가위를 반드시 가지고 만난다."

"이유는?"

"나쁜 짓을 하려고 하면 먼저 잘라 버리기 위해."

"용돈이란?"

"아직 독립하지 못한 나에게 주는 고마운 지원 자금. 험한 세상에는 1,000원이 없어서 굶고, 영양부족으로 죽어 가는 아이들이 많다. 소중한 용돈을 쓰기 전에는 바람직한 소비인지 다섯 번씩 고민한다."

"좋아. 그런대로 부족하긴 하지만 마지막 한 가지 남았어. 자유는?"

"돈이다."

이현은 여동생을 훌륭하게 키운 것 같아서 만족스러웠다. 이만하면 어디에 내놓아도 한 사람의 자린고비 몫은 충분히 해낼 정도로 컸다.

"동생아."

"네."

"만나는 남자가 있으면 데려와도 돼. 슬슬 연애도 해 볼 나이니까."

이혜연은 이 말에도 절대 낚이지 않았다.

부모처럼 자신을 키워 준 오빠이긴 하지만, 때때로 눈이 돌아가면 그 누구보다 무섭다.

특히 그녀는 제피, 최지훈에 대해 좋은 감정을 조금 갖고 있었다.

'돈은 좀 없어 보이지만 성실하고, 나를 아껴 줄 것 같은데.'

이혜연은 창밖을 봤다.

이현이 바쁜 탓에 최지훈이 와서 집을 수리하고, 텃밭에 쪼그려 앉아 콩과 마늘을 따고 있었다.

"만나는 남자 없어. 오빠처럼 좋은 사람 찾기 전에는 연애도 하지 않을 거야."

"쉽지 않은 목표지만 열심히 해 봐."

"응."

이현은 보고서를 읽고 인터넷 게시판들을 돌아다니며, 가르나프 평원의 전투 이후의 상황들을 확인했다.

그가 블랙 드래곤 케이베른에 의해 죽음을 맞이하고 난 이후의 상황들이 몇몇 동영상들에 드러나 있었다.

- 형편없는 인간들. 정말 약하구나!

케이베른은 지상을 지배했다.

하벤 제국군이나 헤르메스 길드의 생존자는 계속 줄어들었고, 최후에는 도망치려고 했지만 흑마법과 용아병들에 의해 차례대로 죽어 나갔다.

중앙 대륙 유저들, 가르나프 평원에 있던 유저들도 상당수가 목숨을 잃는 대참사가 벌어졌다.

- 모두 죽어라!

하늘로 날아오른 케이베른을 더 이상 누구도 막지 못했다.

대파열!

케이베른은 가르나프 평원에 화염과 대지 계열의 최고 마법을 터트렸다.

땅과 사람까지 가리지 않고 부서뜨리는 막강한 충격파가 대지를 타고 넓게 퍼져 나가며 모든 것을 파괴했다.

북부 유저들은 그나마 꽤 많이 빠져나갔지만, 그래도 어마어마한 인원이 사망했다.

이현의 표정도 단단히 굳어졌다.

'흑마법도 곤란하고, 다른 대마법들도 상대하기에 너무 높은 수준이야. 지금 시점에서는 한마디로 균형에서 어긋난 존재야.'

가르나프 평원마저 정리한 케이베른은 서쪽을 향해 날아갔다.

1시간 정도가 지난 후, 아렌 성의 상공에 케이베른이 출현했다.

여기서부터는 방송국들이 편집해서 보도한 영상들이 있었다.

이현은 KMC미디어의 영상본을 선택했다.

"블랙 드래곤 케이베른이 아렌 성에 나타났습니다."

케이베른이 화염 마법을 연속으로 터트리며 도시를 불의 지옥으로 만들었다.

넓은 가르나프 평원에는 사실 사람들밖에 없었기에 마법도 상대적으로 덜 위력적으로 보였다.

그러나 호화로운 아렌 성이 불타서 무너지는 광경은 대단한 것이었다.

주요 건물과 탑이 차례차례 무너지고, 다리와 성벽은 파괴되어 잔해로 변했다.

케이베른이 아렌 성의 탑에 내려앉아 유저들에게 포효하는 광경은 배경 화면으로 써도 될 만큼 멋졌다.

"아렌 성이… 하벤 왕국 시절부터 명맥을 이어 오던 아렌 성이 드래곤에 의해 파괴되고 있는 모습입니다."

"아마도 헤르메스 길드가 케이베른을 분노하게 만들었기 때문인 듯한데요. 그들은 과연 이런 결과를 예상했을까요?"

"예상할 수 없었을 겁니다. 도저히 짐작도 못 했으리라고 보고요. 그렇지만 케이베른이 헤르메스 길드에 복수하기 위해서 아렌 성을 부수는 건 아니라고 봅니다."

"어째서요?"

"특별히 헤르메스 길드나 하벤 제국을 원망하는 말은 하지 않았습니다. 인간들에 대한 복수를 천명했죠."

"이걸로 끝나지 않을 수도 있다는 말씀이시군요."

"예. 영주들에게 도시들이 케이베른의 목표가 될 거란 퀘스트가 떴죠. 아렌 성이 그 시작이 될 거란 불길한 예상이 듭니다."

아렌 성을 파괴하기 직전, 그 지역에 있던 유저들에게 퀘스트가 발생했었다.

그러나 말 그대로 살아남는 것조차도 쉽지 않았다.

판단이 정말 빠른 이들은 퀘스트를 받자마자 도망쳤지만, 짐을 챙기거나 설마 하고 기다리던 이들은 뒤늦게 성문을 빠져나가려다가 대부분 죽었다.

아렌 성이 완전히 파괴된 이후에는 베르사 대륙의 모든 유저들에게 알림 창이 떴다.

아렌 성을 철저히 부숴 놓은 케이베른은 휴식을 취하기 위해 토르에 있는 자신의 레어로 돌아갔다.

이현은 레드 드래곤의 영상도 보긴 했지만, 그건 참고할 만한 부분이 없었다.

헤르메스 길드에서는 발악이라도 했지만, 오크들은 마법에 당해 힘없이 대량으로 쓸려 나가고 사방으로 도망치면서 격파되는 모습이었다.

오주완이 개인적인 추측임을 밝히면서 조심스럽게 말했다.

"아렌 성이 첫 번째 목표가 되고 이어 에바루크 성의 파괴가 예고된 걸 보니, 어쩌면 발전도에 따른 파괴가 아닐까 싶습니다."

"발전도요?"

"네, 아직 확실한 건 아닙니다만. 발전도나 기술력, 인구, 영향력, 도시 명성… 뭐 이런 것들 중 하나일 수도 있고, 복합적인 결과일 수도 있을 듯합니다."

"에바루크 성은 최근 칼라모르에서 가장 많은 사람들이 모이는 곳이에요."

"그렇죠. 어쨌든 제 생각에는, 가장 번화한 도시를 순서대로 파괴하는 것 같습니다."

"레드 드래곤은요?"

"그쪽은 아직 잘 모르겠습니다. 하지만 레어로 돌아가지 않고 오크 랜드를 돌아다니고 있다고 합니다. 정보가 더 모이면 시청자 여러분께 바로 알려 드리도록 하겠습니다."

KMC미디어에서는 베르사 대륙의 큰 도시들이 차례대로 드래곤의 주요 목표가 될 거라고 추측하고 있었다.

이현도 대략이지만 그 점에는 동의했다.

"모라타도 그럼 언젠가 드래곤에 의해 파괴될 가능성이 높겠는데……."

중앙 대륙만큼 부유하진 않지만 모라타는 북부 대륙의 핵심 도시다.

"모라타가 파괴된다면… 그다음으로는 대지의 궁전이나 항구 바르나도 위험할 텐데."

아르펜 왕국이 눈부시게 발전하긴 했지만 연결 고리는 취약하기 짝이 없었다.

북부 대륙은 니플하임 제국이 몰락한 후 오래도록 폐허로 방치되어 있었다.

모라타를 중심으로 발전된 도시가 몇 되지도 않고, 유저들도 초보들이 절대다수를 차지한다.

도시 몇 개만 부서져도 왕국 전체의 생산이나 무역은 마비되어 버릴 것이다.

그리되면 북부 유저들은 떠돌이 신세가 될 것이고, 아르펜 왕국의 발전도는 처참한 수준으로 떨어질 것이다. 어쩌면 상당수가 중앙 대륙으로의 이주를 선택하게 되리라.

대륙 장악

로열 로드를 서비스하는 유니콘사에서는 전략운영실을 바탕으로 비상이 걸려 있었다.

"블랙 드래곤 케이베른. 여기에 레드 드래곤 랜도니까지 활동하다니… 손 실장님은 알고 계셨습니까?"

"미처 몰랐습니다. 짐작도 하지 못했던 사태입니다. 헤르메스 길드에서도 비밀로 감춰 둔 것이고, 우리가 모든 유저들의 움직임을 파악하고 있지는 못하니까요."

전투가 불리해지자 헤르메스 길드에서 드래곤의 알을 깨뜨려 베르사 대륙의 평화를 위협하는 일이 벌어지고 말았다.

"헤르메스 길드에는 접촉이 되었습니까?"

"연락을 받지 않습니다."

"그들에게 케이베른을 제어할 수단이 있을까요?"

"퀘스트의 내용을 보면… 그리고 앞으로는 망해 가는 처지라, 대응할 여력이 없어 보입니다."

회의실 여기저기에서 한숨이 토해져 나왔다.

로열 로드는 거대한 세상이었다.

베르사 대륙은 긴 역사와 복잡한 배경, 수많은 종족, 몬스터들이 있기에 앞으로의 상황을 짐작하기 어려웠다.

손일강 실장이 두 손으로 얼굴을 감쌌다.

"케이베른이 활동을 시작했으니… 정말 골치가 아파졌습니다."

그러자 홍보부 직원이 물었다.

"피해가 얼마나 발생할까요?"

"지금으로서는 짐작도 안 됩니다. 솔직히 케이베른이 활동하는 건 정상적인 일이 아닙니다. 드래곤의 알을 깨뜨리는 무모한 짓을 벌일 줄은……."

"유저들의 무력으로 드래곤을 막을 수는 있을까요?"

"글쎄요. 계란으로 바위를 깨뜨리는 것이 빠르지 않을까요? 퀘스트가 다량 발생되긴 하겠지만, 그걸 유저들이 실제로 진행할 수 있는가 하는 건 또 다른 이야기입니다."

손일강 실장은 씁쓸하게 웃었다.

"언론에 보도 자료 뿌리세요. 오늘 이후의 전개에 대해서는 아무도 알 수 없다고요."

"무책임하다는 지적이 쏟아질 텐데요."

"로열 로드는 시작부터 유저들이 만들어 내는 역사였습니다. 유저들에 의해 천국이 될 수도, 지옥이 될 수도 있는 세상인 겁니다. 우리는 역사가 만들어지는 것을 그저 지켜볼 뿐이에요."

KMC미디어, CTS미디어.

로열 로드를 대표하는 대형 방송국이나 중소 방송국이나, 모두 마찬가지로 비상이 걸려 있었다.

"블랙 드래곤이 곧바로 아렌 성을 부숴 버릴 줄은……. 다음은 에바루크 성이라. 블록버스터급 방송 장면들이 즐비합니다."

"중앙 대륙 유저들의 피해가 막대… 이젠 아르펜 왕국의 입장에서도 치명적이네요. 헤르메스 길드가 정복하고 있던 대부분의 영토에서 철수할 수밖에 없을 테니까요."

"대륙이 초토화될 처지니 골치가 아프겠지."

강 부장은 옅은 한숨을 내쉬었다.

PD를 비롯해서 직원들의 눈가에는 짙은 다크서클이 내려앉아 있었지만 가르나프 평원 전투 때부터 잠시도 쉴 수가 없었다.

드래곤에 의한 아렌 성의 파괴 장면은, 불타는 유성이 떨어지던 순간과 위드와 바드레이가 대결하는 장면에 버금가는 시청률이 나왔다.

방송국 입장에서는 당장 기쁘기는 하지만, 베르사 대륙의 도시들이 파괴되는 건 좋지 않은 진행이었다.

퀘스트의 내용으로 봤을 때는 몬스터의 대대적인 침략까지 예고되어 있다.

세상의 종말.

인터넷에서는 그동안 즐겁고 행복했던 베르사 대륙이 처참히 멸망할 거라는 전망이 속속 나오고 있었다.

"위드, 아르펜 왕국의 대응은 어떨까?"

"대책이랄 게 있을까요. 그들도 드래곤을 막기는 무리일 텐데."

"헤르메스 길드도 못 해낼 일이고."

"어떤 모험이라도 성공시킨 위드를 무시할 수는 없습니다. 하지만 에바루크 성을 지키기란 아무리 봐도 무리겠죠."

"맞아요. 전력상으로도 역부족이에요. 모든 유저들이 함께 싸워 주더라도, 드래곤이라니! 대상이 완전히 다르지 않습니까. 하늘로 인해전술을 펼치지도 못할 거고요."

강 부장의 고민이 더욱 깊어졌다.

"지금 시점에 드래곤의 활동이라니, 막막해도 너무 막막하군. 방송의 방향을 어떤 식으로 잡아야 할까."

"북부 유저들은 드래곤을 상대로는 전투력이 없다고 봐도 돼요. 드래곤을 사냥할 수 있는 건 헤르메스 길드 쪽이 가능성이 높죠."

"이번에 당한 걸 보면 그런 것도 아닌 것 같은데…….."

"설혹 헤르메스 길드가 칼을 뽑는다고 해도 쉽지 않을 겁니다. 하지만 그들은 아르펜 왕국이 당하는 걸 웃으며 지켜보겠죠."

"크흐흠, 상당히 곤란하군."

회의실에는 긴 침묵이 흘렀다.

애초에 말끔한 결론이 나오기 힘든 상황이었다. 방송국 입장에서는 상황 변화에 맞춰 어떻게든 열심히 방송을 하는 수밖에 없다.

강 부장이나 PD들도 로열 로드를 즐기는 유저들이었다.

방송국 직원이라 전쟁에는 참여하지 않았지만, 머릿속으로는 알고 있었다.

어쩌면 베르사 대륙에 영원한 평화는 없을지도 모른다고.

아르펜 왕국이 대륙을 완전히 통일한다고 해도, 위험 요소가 완전히 제거된 건 아닐 테니까.

위드의 인기가 조금이라도 하락한다면, 헤르메스 길드의 경우처럼 도처에서 반란이 일어나서 난세가 벌어지고 말리라.

어쩌면 드래곤처럼 악마나 마족, 대마녀, 정령왕 같은 존재들이 평화를 위협할 수도 있다.

강 부장은 불현듯, 이 꿈의 대륙은 지극히 위험하고 위태로운 게 매력이 아닐까 하는 생각이 들었다.

"광고를 내보내자."

"예?"

"다른 방송국들은 드래곤에 의해 무참히 파괴되는 대륙의 모습을 중점적으로 편성할 거야. 특히 CTS미디어, 그쪽 스타일은, 오케스트라까지 동원해서 영상과 음향의 아름다움을 극대화시킬 게 뻔해."

"물량 공세를 퍼부을 만하죠. 확실히 영상 자체는 시청자들의 관심을 끌 정도로 충격적일 테니 말이죠."

"재난 영화 몇 편 찍는 정도는 일도 아닐 겁니다. 아렌 성만 해도 영화를 보는 것 같았죠. 드래곤이 파괴하는 모습들이요."

"그런데 난 그런 방송은 아닌 것 같아. 드래곤이 돌아다닌다고 하던 일을 멈추고 걱정을 해야 하나? 우려, 혼란, 안타까움… 엠비뉴 교단에 의해 평화가 위협을 받더라도 베르사 대륙은 항상 즐거웠어."

"으음, 하기야… 예전에는 매일 전쟁이 벌어졌어요."

로열 로드 초기부터, 중앙 대륙은 각 세력들끼리 맞붙는 피의 전장이었다.

도시가 파괴되는 것도 사실 그리 새삼스러운 일은 아니다.

공성전으로 부서지거나, 패배한 길드가 앙심을 품고 다스리던 영토를 철저히 망가뜨리는 경우도 있었다.

"맞아, 바로 그 말이야. 우습게 들리는 게 현실이지만, 관점을 조금만 바꿔 보면 돼. 드래곤이나 몬스터들이 아무리 돌아다닌다고 해도, 옛 명문 길드들의 횡포와 파괴만큼은 아닐 거야."

PD들도 고개를 끄덕이며 공감했다.

"베르사 대륙의 세력 구도는 중앙 대륙이 압도적이었습니다. 지금까지 파괴되고 부서지지 않았다면 북부는 아무도 신경 쓰지 않았을 거예요."

"모라타 시절만 해도, 솔직히 경제 규모 면에서는 비교가 아예 안 되었잖아요."

강 부장은 흐뭇한 미소를 지었다.

KMC미디어의 연출자들이 그가 말하고자 하는 바를 정확히 이해하고 있었다.

"그래. 드래곤이 좀 일찍 나타나긴 했지만 당장 오늘내일 대륙이 멸망하는 건 아냐. 도시가 파괴되고, 몬스터들이 많아지는 거지. 그사이 유저들도 꾸준히 성장을 했고… 무엇보다 앞으로도 즐거움을 누릴 테지."

"예. 불안한 위협조차 로열 로드의 재미 중의 하나로 볼 수 있긴 하죠."

"동감입니다. 케이베른이 파괴를 한다고 해서 유저들이 심하게 괴로워하거나 로열 로드를 떠나는 일은 없으리라고 봅니다."

"낙원이죠. 많은 것들이 바뀔 수도 있긴 하지만, 회사는 그만둬도 로열 로드는 그만두지 못한다는 사람이 얼마나 많은데요."

인지도 없는 작은 채널이던 KMC미디어가 대형 방송국의 자리에 오른 건 전적으로 로열 로드의 매력 때문이었다.

가상현실이라는 새로운 세상과 유저들이 만들어 내는 즐거움은, 자유롭게 꿈을 꿀 수 있는 공간을 제공해 주었다.

유저들이 드래곤의 등장을 극복하지 못하리라고는 도저히 믿기지가 않았다.

강 부장은 결정했다.

"이미지 광고에 케이베른을 내도록 하지. 그리고 멋진 베르사 대륙의 모습과 영웅들도."

KMC미디어에서는 드래곤의 위협이라는 이름으로 자체 광고를 찍으며 이번에 촬영한 케이베른의 영상을 활용하기로 했다.

블랙 드래곤이 하늘을 날아가고, 그 배경으로 베르사 대륙의 멋진 경치가 환상처럼 스쳐 지나간다.

밝고, 긍정적이고, 희망이 넘치는 장면들.

CG를 엮어서 지나간 풍경들이 드래곤에 의해 불타고 부서지는 장면들을 만들어 낼 테지만, 그건 끝이 아니었다.

베르사 대륙의 도시와 마을마다 활동하는 유명한 유저들,

영웅들의 모습들도 함께 내보내기로 했다.

"로열 로드는 꿈을 만들어 가는 곳이야. 그러니 우리는 비참한 모습에 주목하기보다는, 애정을 가지고 지켜보도록 하자고. 정규 방송도 정상적으로 진행하고, 주요 사건이 벌어지면 신속하게 보도합시다. 그리고 우리부터 희망을 잃지 말아야 해."

위드가 다시 로열 로드에 접속하니 황폐화된 가르나프 평원의 정경이 보였다.

검게 그을린 대지는 갈라지고 파여 있었으며, 드래곤의 브레스에 녹아 작은 협곡도 만들어졌다.

언데드 소환의 흔적으로 뼈다귀들이 여기저기 늘어진 모습도 보였다.

-저주받은 평원에 발을 들이셨습니다.
이 지역에서는 행운이 50% 감소합니다.
밤에는 유령과 해골 기사가 출현할 가능성이 높습니다.
특수한 저주 식물이 자라납니다.
아주 희귀한 보물이 묻혀 있다는 소문도 들립니다. 도무지 믿을 수는 없지만……

"큼, 우선 잃어버린 장비들은……."

위드는 조마조마한 심정으로 아이템 확인에 나섰다. 꿈에서도 얼마나 불안했는지 모른다.

헤르메스 길드원들을 사냥하며 값비싼 물품들을 잔뜩 얻었기에 그만큼 걱정이 앞섰다.

하늘 지배자의 갑옷을 비롯해 바드레이의 전리품 등은 유린을 통해 미리 빼돌려 놓은 것이 천만다행.

"일단 죽으면서 잃어버린 건… 장검 하나와 방패 그리고 부츠인가."

3개나 사라지긴 했다.

위드가 잠시 묵념을 올리며 장비들을 추모하고 있을 때였다.

"우왓, 기사 갑옷 파편이다."

"여긴 검 조각도 있어."

"강화된 거야?"

"어. 날카로움 마법까지 붙어 있는데! 이거 대장장이들한테 팔면 쏠쏠하겠다."

일찌감치 접속해서 전투 흔적을 수색하고 있던 유저들.

드래곤에 의해 가르나프 평원의 유저들이 거의 대부분 죽었지만, 일부는 운 좋게 살아남아서 산더미 같은 잡템을 주웠다고 한다.

'어딜 가나 행운이 넘치는 사람들이 있지. 난 재수가 없는

편이지만 말이야.'

위드는 그들을 보다가 몸을 돌렸다.

원래 제국 기사의 갑옷을 착용하고 있었고, 지금은 간단한 여행복으로 갈아입었다.

아직도 산더미처럼 쌓여 있는 잡템을 놔두고 돌아서야 하는 안타까움!

그렇지만 해야 할 일이 너무나도 많았다.

-마판 님.

-옛, 위드 님.

-장사는요?

-쏠쏠합니다. 기대 수익의 400%를 달성할 것으로 보입니다. 드래곤 덕분이긴 하지만요.

-그렇군요. 그 정도라면 전쟁 비용은 건지겠습니다.

-그럼요. 완전 대박입니다.

악룡 케이베른에 의해 하벤 제국군은 완전히 박살이 났다.

헤르메스 길드원들도 몰살을 당한 만큼, 막대한 전리품이 가르나프 평원에 떨어지게 되었다.

그 물품들은 마판 상단을 비롯한 북부의 상단들이 거래를 하면서, 상당한 금액을 세금으로 바치게 되어 있었다.

'세금이야말로 가장 훌륭한 돈벌이 수단이지.'

위드는 흡족하게 웃었다.

그렇지만 기쁨을 누리는 것도 잠시뿐!

두 번의 죽음으로 레벨이 3개나 하락했으며, 다양한 스킬 숙련도도 1단계씩 떨어졌다.

고급 8레벨의 검술이 7레벨로 바뀐 것을 비롯해서, 타격이 이만저만이 아니었다.

'찰나의 에너지는 4만 정도가 남았고……. 바드레이와 헤르메스 길드를 이기긴 했지만, 타격이 너무 컸어.'

위드가 손해가 크다 한다면, 헤르메스 길드는 거의 모든 걸 잃었다고 할 수 있었다.

전쟁을 거듭하며 정예가 되었던 제국 군대는 남김없이 몰살당해서 아예 복구가 불가능했다.

헤르메스 길드 유저들만이 되살아나서 하벤 지역으로 철수하고 있다는데, 추격하기가 힘들 정도로 빠른 속도였다.

'당장 레벨도 올려야 하고, 스킬도 복구해야 되지만… 어쨌든 급한 건, 중앙 대륙을 먹어 치우는 거로군.'

아르펜 왕국의 군대를 병사 몇 명씩이라도 나눠서 각 지역의 도시와 요새에 보내 접수해야 한다.

하벤 제국이 몰락한 이상 내버려 두면 빈 땅으로 남을 테고, 다른 유저들이 차지할 가능성도 배제할 수 없는 것이다.

> **소므렌 자유도시의 통치권을 얻었습니다.**
> 상업과 문화가 꽃을 피우던 자유도시!
> 중부와 동부를 잇는 교역의 중심지이며 프레야 교단의 총본영이 자리를 잡은 곳으로, 최근까지 하벤 제국에 의해 다스려지고 있었다.

그동안 거두어 간 과중한 세금 탓에 발전도가 많이 하락하고 주민들의 행복도가 낮음.

자유도시의 사람들은 번영하던 옛날을 그리워하고 있다.

여전히 아름다운 상업 건물과 문화유산이 자랑거리.

군사력 : 71　　　　　　　　　　경제력 : 8,173
문화 : 2,628　　　　　　　　　　기술력 : 1,749
종교 영향력 : 98
지역 정치 : 15　　　　　　　　　인근 지역에 대한 영향력 : 32%
브리튼 지역의 영향력 : 14.2%(영향력은 군사, 경제, 문화, 기술, 종교, 인구, 의뢰
　　　　　　　　　　　　　　등의 분야와 관련이 깊음)

도시 발전도 : 898
위생 : 24　　　　　　　　　　　치안 : 38%

도시가 쇠락한 상태.

빈민들이 거리를 돌아다니며, 때때로 몬스터들이 도시 근처까지 오가기도 한다.

많은 관광객들이 발길을 끊음.

희망을 잃은 상인들과 장인들은 술을 마시며 지내고 있다. 기술이 끊어질 위기에 놓임.

높은 지역 명성에도 불구하고 특산품의 판매가 원활하지 않음.

보석 세공품, 고급 의류, 마법 물품, 종교 물품, 와인이 현재 남아 있는 특산품.

브리튼 지역의 교역은 조금씩 이루어지고 있다.

주민들은 의기소침해 있는 상태.

"몬스터가 와도 걱정할 게 없어. 더 이상 털릴 게 남아 있지 않으니 말이야."

"도로 보수? 대체 언제 했는지 모르겠어. 다 부서지고 나면 황무지가 되어 버리겠지."

"모험에 대해서는 관심이 없어. 장사는 안 하냐고? 차라리 그냥 가지고 있는 돈을 놀고먹는 데 다 쓸 거야."

"블랙 드래곤 케이베른이 인간들을 목표로 활동을 시작했다는군. 우린 다 죽은 목숨이야. 암, 그렇고말고."

"아르펜 왕국? 그들이 우릴 정복했다는데… 도대체 아르펜 왕국이 어디야?"

영토 전체 인구 : 819,635.

매달 세금 수입 : 15,263,812골드.

도시 운영비 지출 내역 : 군사력 2%, 경제 발전 14%, 문화 투자 비용 1%,
　　　　　　　　　　의뢰 및 몬스터 토벌 5%, 마을 보수 4%, 왕국 수
　　　　　　　　　　도로 상납 74%.

아르펜 왕국의 병사들이 유저들의 호위를 받으며 중앙 대
륙으로 흩어졌다.

"빨리 오세요!"

"이쪽입니다, 이쪽!"

병사들은 유저들의 안내를 받아서 영주 성을 접수.

소므렌 자유도시 정복을 시작으로, 중앙 대륙의 각 지역들
이 아르펜 왕국에 합류했다.

아르펜 왕국의 세율에 따라서, 정복된 도시들은 일제히 세
금이 낮아졌다.

"여러분, 여긴 이제부터 아르펜 왕국입니다!"

"만세!"

"위드 님이 이 땅을 다스린다!"

중앙 대륙 각 도시들의 광장마다, 환호하는 유저들로 가득
찼다.

아르펜 왕국에 한 번도 가 보지 않은 유저들이 많았지만,
그래도 방송을 통해 북부 대륙에 어떤 통치가 펼쳐졌는지는
알고 있었다.

"중앙 대륙도 이제 살기 좋아질 거야."

"응, 최고! 희망이 가득한 세상을 원했어. 위드 님은 절대 헤르메스 길드처럼 세금을 올리거나 하지 않을 테니 말이야."

"푸홀 워터파크 같은 곳을 대륙 곳곳에 지어 주었으면 좋겠다."

"난 예술 회관이 좋아. 대학 때 취미로 그림을 그렸는데… 취직을 위해서 꿈을 접었거든. 다시 그림을 그리고 싶어. 크게 성공은 못하더라도 말이야."

아르펜 왕국이 중앙 대륙을 발전시키고 살기 좋은 곳으로 만들어 주리라는 기대치가 한참이나 높아졌다.

위드는 대지의 궁전에서 통치 시스템을 통해 아르펜 왕국의 영토가 넓어지는 것을 확인했다.

대륙 지도에서 아르펜을 뜻하는 노란색이 넓게 확산되며 주요 도시들은 따로 정복을 뜻하는 메시지 창이 떠오르는데, 이보다 더 행복할 수 없었다.

"세금이야, 세금. 무자비하게 거둬들여야지."

소므렌 자유도시를 비롯해서 오데인 요새와 로디움, 여러 왕국의 옛 수도들을 접수했다.

병사들을 실어 나르는 데에는 황소와 와이번의 도움을 받기도 했지만, 유린의 도움이 결정적이었다.

그녀는 그림 이동술을 써서 아르펜 왕국 병사들을 대륙 곳곳의 도시들로 옮겨 주었다.

샤샤샤샥!

그림 이동술을 쓸 수 있을 정도로 정교한 그림을 백 장씩 그려 내면서도 결코 틀리거나 쉬지 않는 유린!

"인간 프린터다. 속도도 그리 느리지 않아."

"노가다의 신이야."

"화가도 노가다구나. 예술 계열 직업들이 원래 다 이러나?"

유저들은 그저 감탄만 할 뿐이었다.

화가마다 자신만의 화풍이 있는데, 유린은 때론 동화적인 그림을 좋아했다.

제피가 그 이유를 물어봤다.

"어릴 때 집에 동화책이 없었어요. 사실 어린이 도서관에 가서 읽은 다음에 기억해서 집에서 다시 그리곤 했어요."

"어떻게 그런…….''

"그래도 재밌는 추억이었어요."

유린은 예전에 못살던 시절이 그렇게 나쁘지만은 않았다고 생각했다.

할머니와 오빠.

그녀를 아껴 주는 가족의 따뜻한 품이 있었다.

그 온기가 느껴졌기에, 생활이 힘들어도 견뎌 냈다. 잠깐 어긋나서 다리가 부러진 적은 있었지만.

제피는 맞은 적도 있다는 말에 깜짝 놀랐다.

"위드 님이 여동생한테 너무했네요. 말로 타일러도 되었을 텐데."

"무슨 소리예요. 그럼 절대 안 들었을 텐데. 맞았으니 정신 차린 거예요."

"……."

"그리고 괜찮아요. 오빠가 그다음 날에 라면도 끓여 줬어요. 평소에 먹던 것보다 50원 비싼 라면으로요."

처절한 가난!

당시에는 정말 몇백 원까지 아껴야 했던 시절이라서, 그런 일이 큰 감동으로 다가와 주었다.

"나한테 오면 앞으로 평생 고생 안 하게 해 줄게요."

제피가 은근히 마음을 드러내도, 유린은 철벽녀였다.

"됐어요. 먹고사는 문제는 내가 해결해요. 더 마음에 든다면 그때 사귈 거예요."

유린이 그림을 완성하고 병사들을 옮기면서, 아르펜 왕국의 영토는 순식간에 2배 이상 넓어지게 되었다.

현지의 도시들에서도 병사들을 추가로 모집해서 주변 지역으로 보낼 수 있었기 때문이다.

―아르펜 왕국의 인구가 비약적으로 늘어나고 있습니다.

인구와 영토의 면적, 정치적인 영향력, 국가 명성, 발전도가 확고한 단계로 진입했습니다.

제국으로의 승급 조건을 달성했습니다.

아르펜 제국!

주민들은 황제 위드의 통치를 찬양합니다.

예술가로서, 모험가로서, 전사로서 이름 높은 황제가 그들을 통치하는 것을 반가워합니다.

제국 내의 출생률이 800%로 높아집니다.

문화와 경제의 발전도가 빠르게 증가합니다.

병사들의 사기가 오르며, 충성도의 최대치가 증가합니다.

치안의 악화로 인한 페널티가 발생할 가능성을 낮춥니다.

궁전으로부터 먼 거리에 있는 지역의 부정부패를 감소시킵니다.

긍정적인 신들의 축복이 제국의 각 지역에 부여됩니다.

아르펜 제국!

북부에 이어 중앙 대륙 지역까지 대부분 다스리게 되면서 제국의 반열에 올랐다.

"크흠. 좋기도 하고, 나쁘기도 하고."

얼떨결에 황제가 되자 위드는 미묘한 기분이 들었다.

소므렌 자유도시만 해도, 하벤 제국의 착취와 반란 등으로 인해 전성기 시절에 비해 인구와 경제력이 절반 정도로 줄어들었다.

칼라모르를 비롯해서 몇몇 지역의 상황은 나쁘지 않았지만, 대부분은 전쟁과 반란으로 부서진 도시와 성벽의 보수도 이루어지지 않았다.

하벤 제국의 영주들이 자신의 돈을 투입하기보다는 거둬들이는 데 열중했던 결과였다.

"처음 로열 로드를 했을 때만 해도 중앙 대륙을 돌아다니면 보이는 멋진 도로와 건물이 정말 부러웠었는데……."

로자임 왕국을 떠나서 마판과 함께 소므렌 자유도시로 갔던 기억이 떠올랐다.

"놀랍도록 발전된 상업 도시였는데… 후, 많이 몰락했구나. 하지만 다른 도시들은 이보다도 훨씬 더 심하다니."

중앙 대륙 주요 지역의 군사시설과 요새는 제대로 관리되지도 않는 상태였다. 하벤 제국에서는 막대한 세금에 눈이 멀어 도시를 퇴보시킨 꼴이었다.

'이해가 안 가는 것도 아니지만.'

위드는 영주들의 입장을 100% 납득했다.

'얼마나 어렵게 얻은 영주의 자리인데, 확실하게 자신의 것일 때 챙기고 싶었겠지. 암, 그럼.'

유저들이라는 수입원이 있으니 도시 개발에 투자하는 돈이 아까웠을 수도 있다.

아무튼 그 덕분에, 성벽을 비롯한 방어 시설이 유명무실해진 상태였다.

중앙 대륙에는 아르펜 제국의 군대도 없었으니, 당장 내일이라도 도시나 마을이 몬스터에 의해 파괴될 여지가 충분했다.

위드는 그가 없는 동안 북부 대륙을 관리하고 있던 서윤에게 귓속말로 물었다.

-북부 상황은 어때?

-떠돌이 몬스터들이 2배로 늘어났다는 보고가 있어요. 하르셀 산악 지역이나 바르고 성채 인근은 몬스터들 때문에 돌아다니기 위험한 상황이에요.

-던전은?

-평소에 3~4개의 파티가 들어가서 사냥하던 평범한 던전에서 유저들이 몰살했다는 소문이 돌아요. 제가 직접 가 보니, 몬스터들이 포악해지고 위험할 정도로 많아졌어요.

-초보 지역도 그래?

보통 초보들이 주로 살아가는 마을과 도시 인근은 약한 동물들만 돌아다녀 안전한 편이었다.

-숲이나 산에서 맹수들이 활동하고 있어요. 서식지가 많이 바뀐 것 같아요.

북부만의 상황이 아니었다.

악룡 케이베른의 영향으로, 베르사 대륙 전역에서 몬스터들의 움직임이 활발해졌다. 몬스터들이 도시 부근까지 활동 영역을 넓혔고, 어떤 지역에서는 몬스터들이 집결하고 있었다.

-황제 폐하께 충성! 조인족 공수부대를 이끌고 있는 날쌘 찬바람입니다. 급히 보고드릴 내용이 있습니다.

조인족의 영웅 날쌘 찬바람에게서 귓속말이 전달되었다.

그는 로열 로드를 뒤늦게 시작한 덕분에 조인족을 선택할 수 있었고, 북부 대륙을 사랑하는 유저였다.

-예. 찬바람 님. 무슨 일이 있나요?

-지금 항구 바르나 부근을 비행 중입니다. 인근 산에 있는 던전들에서 하산하는 몬스터들이 많이 보입니다. 이쪽은 조인 족들을 불러서 저희가 어떻게든 처리해 보겠습니다.

-고맙습니다, 찬바람 님.

중앙 대륙 몬스터들의 조짐도 심상치 않았지만, 당장은 북부 대륙이 더 큰 문제였다.

북부 대륙 도시와 마을에는 목책과 궁수탑 같은 최소한의 방어 시설들만 설치되어 있었다. 병사들과 자경단의 수준이 낮아서, 목책에라도 의존하지 않으면 위험했기 때문이다.

설상가상으로, 가르나프 평원의 전투 때문에 대부분의 마을들에 평소보다 유저들이 매우 부족한 상태였다.

유저들이 주변 구경도 하면서 원래 활동하는 마을로 돌아가기까지는 며칠의 시간이 더 필요했다.

"이럴 때 몬스터들이 조금만 공격해도 변방 마을은 괴멸되는 사태에 이르고 말 거야. 마을 안은 안전하더라도, 목장이나 논밭은 황폐화되고 말 테지."

위드는 고민하다가 부하들을 총집결시켰다.

와이번, 빙룡, 불사조, 이무기, 바라그, 독수리, 은새, 황금새.

"요즘 일이 너무 많은 것 같다."

"과로다. 쓰러질 것만 같다."

"주인님의 명령대로, 적들을 모두 태워 버리겠습니다!"

기동력을 갖춘 비행 생명체들이 넓은 벌판에 하나씩 내려 앉았다.

이것만으로도 대단한 장관이었지만, 그 뒤로는 킹 히드라 와 불의 거인, 백호, 세빌, 빈덱스, 엘틴, 게르니카, 악어 나일이, 바하모르그, 데스 웜이 도열해 있었다.

듬직하면서 강력하기 짝이 없는 부하들.

"우린 좀 특별해."

"일단 오라고 해서 오긴 했지만, 돈을 안 주면 바로 갈 거야."

"일당은 중요하지. 일당을 받아야 하루를 뿌듯하게 보냈다는 기분이 들어. 오고 가는 현찰이 인간관계의 기본이지."

"태어나게 해 주었다고 해서 전적으로 따를 필요는 없다. 우린 자유다. 그렇지만 돈이 없으니 남의 말을 듣고 살아야 되겠군."

"누구 돈 되는 일 좀 알고 있는 사람 없나?"

위드일, 위드이, 위드삼……

위드의 분신들도 소환되었다.

그들은 대충 땅바닥에 앉아 있었지만, 잠시도 쉬지 않았다.

바느질을 하거나, 망치를 들고 무언가를 만들고, 조각품을 깎기도 한다.

위드의 평소 행동과 성격을 참고하여 생명이 부여된 존재들이기 때문에, 총집결 명령이 내려오기 전에는 던전에서 모두 열심히 사냥 중이었다.

가르나프 평원 전투가 끝나자마자 사냥을 하면서 성장해 온 그들이었다.

"일해라."

"알겠다, 주인!"

위드는 조각 생명체들을 나눠서 주요 지역에 배치했다.

몬스터들이 이동하는 길목들마다 배치된 조각 생명체들은, 한 지역의 패자로서 치안을 확보하는 역할을 하리라.

"너희가 가장 중요해. 하늘을 날아다니다가 몬스터들이 보이면 싹 정리해 줘."

"그렇게 하겠다."

"세상을 지키기 위해서라면."

흉포한 바라그들이지만 말은 잘 들었다.

게이하르 황제가 남겨 놓은 그들은 전투 측면에서는 실로 믿을 만했다.

그사이 절벽과 숲의 둥지에 알도 몇 개씩 낳았다.

'바라그들만 잘 키워도… 굉장한 전력이 되겠군.'

비행이 가능하고, 화염도 토해 내는 거대 생명체!

'1,000마리 정도만 되어도 믿음직스럽겠어. 주요 전투마다 잘 써먹을 텐데. 번식을 잘하도록 닭장이라도 지어야 될까?'

필요하다면 바라그 양계장이라도 적극적으로 운영해야 할 판이었다.

위드는 자신을 꼭 닮은 분신들에게 말했다.

"아르펜 제국… 으하핫, 제국이라니 좋군. 아무튼 북부 대륙을 지키기 위해 몬스터들을 제거해야겠다."

그러자 위드일이 짝다리를 짚으며 고개를 비스듬히 21도 각도로 치켜들었다. 입꼬리를 올리는, 건방지기 짝이 없는 표정은 덤이었다.

"그래서 내가 얻는 건?"

"으음."

위드도 명령이 처음부터 순조롭게 먹히지 않을 거라는 점은 직감하고 있었다.

세상에 자신을 닮은 존재들이라니!

'급해서 만들긴 했지만, 이보다 더 끔찍할 수가 없어.'

위드에게는 어디에나 내세울 만한 떳떳한 대의명분이 있었다.

"베르사 대륙을 위해서다. 너희가 강한 이유가 무엇이겠느냐! 몬스터들을 퇴치해서 약한 사람들을 지켜 줄 수 있는 기회다. 그리고 이건 내가 너희에게 생명을 부여한 부모로서 부탁하는 거야."

평화와, 부모라는 존재.

마음 약한 이들은 흔들릴 수밖에 없는 말이었다.

위드이가 기지개를 켜며 시원하게 하품을 했다.

"너무 식상한 거짓말이야. 솔직히, 태어나자마자 우린 뒤통수를 거하게 맞은 셈 아니었나? 살기 위해서 도망쳤고, 좀 제대로 살아 보려고 하는데 위험한 임무를 줘? 어느 부모가 이래?"

과거의 경험을 바탕으로 한 논리적인 반박!

위드가 서둘러 변명하려고 했지만, 위드칠이 먼저 적극적으로 호응했다.

"납치범도 양심이 있다면 자기가 착하다고는 말을 못 하지. 애초에 믿을 구석이 하나도 없어."

위드열이 손가락으로 위드의 입을 가리켰다.

"난 입술에 침을 바르는 걸 봤어! 저건 숙련된 거짓말쟁이들의 상징이고 직업병이야!"

"……."

역시, 이번 부하들만큼은 말로 설득이 되지 않음을 위드는 명백히 깨달았다.

'확실히 잘 만들었어. 저건 거의 나와 마찬가지야.'

지능과 행동 패턴까지도 어느 정도 닮았다.

어떤 경우에도 절대 손해는 보지 않으려고 한다.

그렇기에 어떤 방식이 통하는지도 잘 알고 있었다.

"가진 것 하나 없이 세상 살기가 얼마나 힘드냐. 너희의 레벨에 맞는 장비를 제공하지."

헤르메스 길드로부터 얻어 낸 고급 장비들이 꽤 많은 상태.

기본적인 장비 정도는 제공해야 사냥 효율을 높일 수 있었다.

"으음, 좋은 장비는 가격이 비쌀 텐데."

"맨몸으로 고생하기보다는 도구가 있는 편이 낫지."

"이러면 일단 조건이 나쁘지는 않은 것 같은데…….."

위드는 갈등하는 부하들을 보며 한마디를 덧붙였다.

"몬스터 1마리에 1골드."

"헛."

"허억!"

결국 돈!

부하들은 정중하게 무릎을 꿇었다.

"충성을 다하겠습니다, 주인님."

"좋은 조건의 거래입니다. 저희를 아껴 주시는 마음이 느껴지는 것 같습니다."

"대륙의 평화를 지키겠습니다!"

금방 태도를 바꿔서 진심인지 가식인지 모르는 말들을 하고 있는 부하들이었다.

1골드씩 돈이 나간다는 점에서 가슴이 아프긴 했지만, 결국 위드가 최종 승자였다.

'저 녀석들이 날 닮았다면 돈을 벌기 위해서 죽어라 사냥을 하겠지. 억지로 시키는 것에 비해서 10배는 효율이 높을 거야.'

몬스터를 막는 것도 중요하지만, 사냥을 하면서 얻은 전리품들은 거래가 되어 아르펜 제국의 세금 수입을 늘릴 것이다.

가죽, 광물 등의 획득을 늘려서 생산을 활성화시키는 효과도 있었다.

여러 부가가치까지 고려한다면, 1골드는 위드의 호주머니가 아니라 결국 부하들이 스스로 벌어들이는 돈.

아무리 욕심 많고 영악하더라도 결국에는 아직 어린애들이었다.

"의외로 좋은 주인이다."

"황제 폐하의 자비에 감사드립니다."

위드는 부하들이 아부하는 것을 보며 입꼬리를 올려 씩 웃었다.

오데인 요새.

과거에는 브리튼 연합과 아이데른 왕국의 접경에 위치한 난공불락의 요새로 명성이 드높았다.

"으와… 여긴 다 무너졌네."

"어. 방송으로 보면서 성벽이 높고 두껍다고 생각했는데, 지금은 흔적만 남았어."

북부의 상인 콘소메는 친한 유저들과 함께 중앙 대륙을 돌아다니고 있었다.

로열 로드를 북부에서 시작했기에 지금까지 방송으로만 보았던 여러 지역들을, 장사를 위해 돌아다녔다.

"오데인 요새의 기념품 팝니다! 나무 골렘 인형 사 가세요!"

"든든한 요새의 돌조각! 행운과 맷집의 옵션이 붙은 돌조각이 단돈 98골드!"

"새로 나온 장검입니다. 아르펜 제국 표준형 장검이 한층 더 업그레이드되었습니다. 레벨 100, 150, 200에 맞춰진 것으로, 마판 상단에서 수리를 보장합니다!"

가르나프 평원의 전투가 끝나자 상인들이 가장 빠르게 움직였다.

헤르메스 길드가 무너진 이상 상인들을 막을 세력은 어디에도 없었다.

맞춤형 상품 개발과 교역로 확보.

북부의 상인들이 마구 중앙 대륙으로 와서 물품들을 팔아치웠다.

"아… 부럽다."

"젠장, 이젠 북부 유저들의 세상인가."

중앙 대륙에서 시작한 상인들은 그들을 부러운 눈으로 보고 있었다.

자신들은 일찍부터 명문 길드들의 텃세와 횡포에 시달렸다.

"아르펜 왕국이 이겼으니 이제 저들이 다 해 먹겠지."

"봐, 벌써 해 먹으려고 내려온 것들을."

상인들은 허탈함을 감추지 못했다.

간단한 물품이라도 열심히 거래하면서 회계와 교역품 거래, 운송 스킬을 늘려 놓았다.

그렇지만 상인들만큼 힘이 없는 직업이 또 없었다.

전투력이 약하다는 이유로 전사들로부터 무시받고, 때때로 유저들에 의해 약탈도 당한다.

"억울해서 원."

"도시에서 사람들 상대하며 물건 파는 일이 재밌어서 시작한 건데, 상인을 선택한 게 이렇게 후회가 될 줄은 몰랐어."

중앙 대륙의 상인들은 구석에 쪼그려 앉아서 푸념을 하고 있었다.

"낑낑!"

그때 문득 마차에 산더미처럼 물건을 싣고 걸어오는 여성 유저가 보였다.

"아… 저 사람, 방송에서 본 적이 있어."

"맞네. 가몽 님이네."

"어디든 가서 교역을 한다던 가몽 님이잖아."

가몽!

북부에서는 마판과 함께 가장 유명한 상인 유저였다.

"가몽 님도 여기로 내려왔네."

"중앙 대륙이 그만큼 인기가 있단 뜻이겠지."

"다 해 먹어라, 다 해 먹어."

중앙 대륙 상인들이 씁쓸하게 대화를 나누고 있을 때였다.

가몽이 그늘 아래에 모여 있는 그들에게 말을 걸어왔다.

"여러분은 물건 안 파세요? 벌써 다 파신 거예요?"

"저희는 아르펜 왕국에… 이젠 아르펜 제국이죠. 어쨌든 등록이 안 되어 있어서요."

"등록요?"

"예. 상인이나 상단은 모두 등록을 하고 입회비를 납부해야 장사를 할 수 있습니다. 앞으로 취급할 교역품도 등록하고 허가를 받아야 되죠."

"그게 무슨 말이에요?"

가몽이 이상하다는 듯이 묻자, 중앙 대륙의 상인 유저들이 더 어이가 없어 했다.

"아니, 같은 상인이면서 등록 제도도 모르세요?"

"모르는데요. 그런 게 있어요?"

"도시에서 장사를 하고 외부와의 교역도 하려면 당연히… 잠깐만요. 아르펜 왕국, 제국, 아니, 어쨌든 이게 중요한 건 아니고, 아르펜에는 그런 제도가 없어요?"

"네, 없는데요. 저는 여러분한테 처음 들어 봐요."

중앙 대륙의 상인 유저들은 당황했다.

그들도 나름 정보통이 있긴 했지만, 사실 중앙 대륙에서만 쭉 지내다 보니 북부의 사정에 대해서는 잘 몰랐다.

북부가 교역의 천국이라는 이야기를 듣긴 했어도 갈 일이 없다 보니 절차에 대해서 제대로 알아본 적도 없다.

"잠깐만… 그러고 보니 원래 이건 중앙 대륙을 지배하던 명문 길드들이 만들어 낸 거였잖아."

"맞네. 그러네!"

"원래 있던 제도가 아니야?"

상인들은 깜짝 놀라면서도 확실한 것을 원했다. 그동안 당하고 살아온 경험이 너무나 많았기 때문이다.

"혹시 정말 저희가 교역품을 팔아도 되는지 확인해 주실 수 있을까요?"

"네, 잠시만요. 위드 님한테 물어보구요."

가몽은 직접 위드에게 귓속말을 보냈다.

-위드 님, 상인 등록 제도 같은 게 있어요? 미리 등록하지 않으면 물건 못 팔고 그러는 거예요?

그녀가 직접 위드에게 귓속말을 보내자, 중앙 대륙 상인들은 조마조마하게 기다렸다.

잠시 후, 가몽은 웃으며 말했다.

"그런 제도는 없대요."

"없다고요?"

"네. 아르펜 제국에서 상인의 활동은 마음껏 하셔도 돼요. 다만 북부의 상인들은 꼭 지켜야 하는 규칙이 있어요."

"그럼 그렇지… 그게 뭡니까?"

"식료품이나 초보용 물품 마진은, 너무 많이 남기지 마세요."

"음, 그리고요?"

"상인들이 지켜야 할 규칙은 이게 전부예요."

"예? 그게 답니까? 그러면 세율은요?"

"2%예요."

"초보용 물품이나 식료품이 2%라는 말입니까? 세금이 정말 낮네요!"

중앙 대륙의 상인들은 세금이 십분의 일로 줄어든 정도만으로도 충분히 기쁘고 만족스럽다고 생각했다.

"다른 물품들은 세금이 더 높겠죠?"

"교역소에서 물건을 사고팔 때가 2%예요. 품목을 가리지 않는 아르펜의 공식 세율이거든요. 유저에게 팔 때는 세금이 안 붙어요."

"헐… 말도 안 돼! 통행세는요?"

"그런 건 원래 없는데요."

"초대박이다!"

중앙 대륙의 상인들은 엄청난 해방감과 환희를 느꼈다.

세상이 완전히 바뀌었다는 것을 느낄 수 있었다.

세율 2%에 무제한 교역이 가능하다면, 물품을 어마어마하게 거래할 수 있다.

상인 직업을 선택한 후 지금까지 꿈만 꾸어 오던 세상이 드디어 열리고 만 것이다.

"당장 교역하러 간다."

"마차부터 구해야 되겠군."

"가진 돈을 전부 털어서 시작해 보자고. 이젠 진짜 상인답게 살 수 있게 되었어!"

상인들이 의욕에 차서 자리에서 일어났다.

중앙 대륙에서 초창기부터 쭉 활동해 온 그들은 한 푼 두 푼 돈을 모아 거대한 재산을 쌓아 놓고 있었다.

그들이 본격적으로 활동할 수 있는 세상이 열렸다.

교역과 장사를 위해 부산하게 흩어지려던 상인들이 문득 정중하게 고개를 숙이며 인사했다.

"고맙습니다, 가몽 님."

"뭘요. 저는 그냥 알려 드린 것뿐인데요."

"근데 가몽 님과 방금 대화한 영상을 따로 올려도 될까요? 아르펜 제국의 정책에 대해 알고 싶어 하는 동료들이 꽤 많을 거라서요."

"네, 얼마든지 그러세요."

중앙 대륙의 상인들은 가몽과의 대화를 있는 그대로 인터넷에 올렸고, 반응은 폭발적이었다.

-역시 아르펜 왕국. 이젠 아르펜 제국!

　-이게 유저들을 아끼는 갓 위드 님이십니다.

　-천국이다… 천국이 찾아왔다.

　-미쳤다… 저 상인인데 울 뻔했네요. 진심 바로 접속해서 잔뜩
물건 떼어다가 팔러 갑니다.

　-설마 했더니 기대를 저버리지 않네요. 로열 로드가 진짜 천국
이 된 거 같음.

　-위드 님은 황제가 되면 안면 몰수하는 사람들과는 차원이 다른
분입니다. 믿고 있었죠.

　-저도 가르나프 평원에서 한주먹 보탰습니다. 아르펜 왕국, 위
드 님을 위해서요.

　-어떻게 이런 일이… 만세… 감격!

　-척박한 북부에서 상인들이 왜 그렇게 부지런히 돌아다녔는지
를 깨달을 수 있는 이야기군요.

　-사람은 자신보다 약한 이를 대할 때 진짜 성격이 나오죠. 위드
님은 황제의 자리에 올라서도 한결같습니다. 정말 좋은 분이에요.

　-모라타의 첫날부터 시작한 유저입니다. 위드 님을 언제나 응원
하고 있어요. 그리고 이런 날이 올 줄 알았습니다.

　-위드 님이니까요. 위드 님이라서요. 위드 님이거든요.

　-저는 칼라모르에서 시작한 평범한 유저입니다. 진심으로 감동
이네요. 풀죽신교가… 왜 존재하는지 알겠습니다.

아르펜 개발계획

Moonlight *Sculptor* The Legendary

위드는 비탄에 빠지고 말았다.

"이게 아니었는데……."

로열 로드에 접속하자마자 북부에 가서 늘어난 몬스터들을 처리하느라 정신없이 바빴다.

와삼이를 타고 날아다니며 화살을 쏘고 언데드를 소환하며, 모라타 부근의 몬스터들과 싸우던 중 가몽으로부터 연락이 왔었다.

-위드 님, 상인 등록 제도 같은 게 있어요? 미리 등록하지 않으면 물건 못 팔고 그러는 거예요?

당연히 아르펜 제국에 상인 등록 제도 같은 건 없었다.

그러나 이제 막 중앙 대륙을 먹어 치운 판이니 변화는 필수적인 것이었다.

'진짜 좋은 방법이지. 제대로 착취를 할 수 있단 말이야. 상인 등록 제도를 만든 녀석은 정말 천재야.'

너무나도 훌륭한 제도였고, 꼭 도입해야 마땅했다.

－상인 등록 제도는 없습니다.

어쨌든 현재는 없는 것이 사실이니 대답을 해 주고, 위드는 언데드를 이끌고 몬스터들을 쓸어 담느라 바빴다.

초반에는 사냥이 쉽지 않았지만 기하급수적으로 늘어나는 언데드들이 몬스터들을 압도했다.

"너희가 살아서 움직이던 땅으로 돌아오라. 이곳은 어두운 곳. 검고 부패한 땅. 영영 사라지지 않을 암흑의 율법을, 모든 이들에게 새길 수 있도록 하라. 언데드 라이즈!"

데스 나이트, 듀라한에 스켈레톤 부대들이 뒤를 받치며 진군했다.

언데드들로 조합까지 갖춘 대군!

－크우워어어어어!

둠 나이트 1기, 본 드래곤 1기까지 추가되면서 막대한 전투력을 발휘했다.

높은 사냥 효율로 경험치와 전리품들을 쓸어 담으며, 위드는 아르펜 제국의 통치에 대해서도 고민했다.

'어떤 식으로, 어디부터 착취를 해야 할까. 진짜 이제부터가 내 인생의 황금기지.'

앞으로 헤르메스 길드를 대신해서 착취할 생각으로 가득!

−네, 알려 주셔서 고마워요.

위드는 그렇게 가몽과의 대화를 마무리했는데, 얼마 후에 페일로부터 귓속말이 또 들어왔다.

−위드 님은 항상 올바르신 분인 것 같습니다.

"……?"

뜬금없고 이상한 소리이긴 했지만, 위드는 대충 넘겼다.

−파이팅이에요! 진짜 최고예요!

−우리가 사람을 잘못 보진 않았어요.

−남자지만… 멋집니다.

−매력 폭발!

"……."

그러나 이리엔, 로뮤나, 제피, 화령의 귓속말까지 계속 이어지자 뭔가 사건이 벌어졌다는 걸 알게 되었다.

가몽과 중앙 대륙 유저들의 대화 영상을 찾아보는 데는 그리 오래 걸리지도 않았다.

로열 로드의 인기만큼이나 대형 커뮤니티 사이트에는 대부분 올라와 있었던 것이다.

"망했군. 망했어… 상인 등록 제도는 반드시 강화를 했어야 마땅했는데……."

위드는 땅을 치고 후회하면서 사냥에 더 열을 올렸다.

"반 호크, 토리도!"

"왜 부르는가, 주인."

"이게 다 너희 탓이야. 어서 싸워라, 이 무능한 놈들아!"

"……."

서윤은 대지의 궁전에 머무르면서 아르펜 제국의 내정을 살피고 있었다.

> ─포롤란 마을이 하벤 제국에서 아르펜 제국으로 전향했습니다.
> 국가 명성이 1 늘어납니다.

> ─미델하임 성이 새로운 황제 위드를 받아들였습니다.
> 그들은 58,000골드를 아르펜 제국에 지참금으로 바쳤습니다.

> ─칼라모르 지역에 아르펜 제국의 문화가 조금씩 확산되고 있습니다.
> 그들은 지적인 만족을 위해 수준 높은 예술품을 원하고 있습니다.

> ─컬리버 요새의 기사들이 황제 위드에게 충성을 다짐합니다.
> 국가 명성이 1 증가합니다.
> 요새 인근 지역의 치안이 10% 오릅니다.

빠르게 확장되는 영토.

-바툰 요새의 병사들은 식료품의 부족에 시달리고 있습니다.
굶주린 주민들을 배불리 먹이면 그들은 기꺼이 아르펜 제국을 위해 검을
들 것입니다.

-타란투스 항구에는 오래된 이야기가 내려옵니다.
"배, 배가 있으면 바다로 나아갈 수 있지. 인근 바다에는 잡을 수 있는 물
고기가 아주 많아. 조금만 더 멀리 가면 우리 선조들이 해적질을 해서 숨
겨 놓은 보물도 말이야……"
32척의 배를 건조하면 타란투스 항구의 어업 생산량이 매우 빠르게 늘어
날 것입니다.
운이 좋다면 해적의 보물을 얻을 수도 있습니다.

도시와 마을, 항구, 광산마다 수많은 퀘스트가 발생하고
있었다.

서윤은 중앙 대륙 출신이지만, 광전사로 활동하던 시절에
는 하루 종일 어두침침한 던전과 사냥터에서만 머물렀다.

그럼에도 수많은 유저들이 마을과 도시에서 행복하게 지
냈던 모습들을 기억하고 있었다.

'과거처럼 발전시키려면 어떻게 해야 할까.'

서윤은 고민하다가 위드에게 귓속말을 보냈다.

-내정을 제가 하고 싶어요.

잠시 뒤에 위드로부터 대답이 왔다.

-응.

-영토가 넓어지면서 손대야 할 곳이 많이 보여요. 대신 해도

돼요?

　―하고 싶은 대로 해.

　가몽의 일이 있긴 했지만, 위드는 선뜻 허락했다.

　서윤이 먼저 무언가를 하고 싶어 하는 경우는 드물었다. 그녀의 부탁이라면 탕수육에 소스를 부어 먹자는 말이라도 들어주어야 마땅하리라.

　―고마워요. 잘할게요.

　―…믿을게.

　서윤은 노들레와 힐데른 퀘스트 시절에도 훌륭하게 도움을 주었던 경험이 있었고, 무엇보다 위드 본인은 빠르게 늘어나는 몬스터들을 사냥하기에도 바빴다.

　'알아서 잘하겠지. 불안하긴 하지만……..'

　위드의 허락을 받은 후, 서윤은 우선순위부터 정했다.

　"우선 도로를 개설해야 될 것 같아."

　북부 대륙과 중앙 대륙을 잇는 교통망과 해상운송로에 대한 투자에 착수했다.

　푸홀 워터파크에서 판잣집 별장을 분양해서 번 돈 4,000만 골드를 투입했다.

　도로만 만드는 게 아니라, 인근 지역의 치안 확보에 경제 개발까지 패키지로 이루어지는 것이기에 여기저기 써야 할 돈이 많았다.

북부와 중앙 대륙 모두 변방으로 갈수록 치안이 취약한 곳이 많았기에, 몬스터의 침입을 우려해서 튼튼히 성벽을 쌓고 자경대를 확보했다.

"이걸로는 준비가 부족할 거야. 몬스터들의 활동이 많아지면 몇몇 마을들은 부서질 수 있겠어."

지금도 몬스터들이 시시각각으로 늘어나고 있다는 이야기가 들려오고 있었다.

아르펜 제국으로 새로 합류하고 있는 도시와 마을의 요청들도 무시할 수 없었다.

꼼꼼하게 예산을 나누고 한 푼이라도 더 효율적으로 쓰려고 했지만, 넓어진 영토는 지금까지 벌어 놓은 재정으로는 도저히 감당이 안 될 정도였다.

"돈이 너무 모자라……."

서윤은 부족한 예산으로 고민을 하다가 내정을 마쳤다.

-예산을 다 쓰고 말았어요.

-4,000만 골드를……? 거짓말이지? 후후후, 내가 그런 것에 쉽게 속지 않지. 몰카. 그래, 몰래카메라잖아.

-정말이에요. 돈을 쓸 때마다 기록해 놓은 내역서도 있어요.

위드는 얼마나 놀랐던지, 유린을 불러서 순식간에 그림 이동술로 대지의 궁전으로 날아왔다.

황제의 집무실.

으리으리한 집기는 하나도 없고, 모라타의 흑색 거성에서 옮겨 온 가구들만 놓여 있었다.

"여기 내역서요."

서윤은 예산을 쓴 기록을 내밀었다.

예쁜 필체로 성벽 수리를 비롯해서 식량 공급, 몬스터 토벌 같은 기록이 빼곡하게 적혀 있었다.

적게는 500골드에서부터 수십만 골드가 소모된 내역까지 천차만별이었다.

"으음, 확실히 쓰긴 한 것 같은데. 내정 모드."

위드는 아르펜 제국의 내정 모드까지 들어가 보고 남아 있던 모든 예산이 사라진 것을 확인했다.

잔액 2골드!

"아아."

블랙 드래곤 앞에서도 할 짓은 다 하던 위드의 몸이 비틀거렸다.

"내 돈… 내 돈이……."

돈을 잃어버린 상실감.

걷잡을 수 없는 슬픔, 고통, 아쉬움, 허전함이 밀려오려고 했지만, 서윤의 얼굴을 보는 순간 평온해졌다.

여자 친구와 싸우고 싶더라도, 세상에서 가장 예쁜 얼굴을 보는 순간 화가 사라진다고 할까.

"흠흠, 4,000만 골드. 그게 큰돈이긴 하지만 아르펜 제국을 위해서 다 쓴 거고… 잘했어."

"정말요?"

"그럼. 4,000억 골드라도 아깝지 않아. 아마 내가 했어도 이보다 훌륭하게 지출을 하진 못했을 거야. 진짜 완벽하게 잘 썼어."

위드는 서윤을 가볍게 안아 주었다.

"에잇!"

달달한 분위기가 흐를 것만 같은 상황에, 유린은 서둘러 그림 이동술로 도망쳤다.

위드와 서윤.

그 둘은 진지하게 아르펜 제국의 미래에 대해 고민했다.

"몬스터들이 너무 많이 나오고 있어요. 다 사냥하지 못할 수준이라서 자유롭게 돌아다니는 몬스터도 너무 많고요."

"유저들이 다시 다 돌아가면?"

"북부에는 초보들이 상대하지 못하는 몬스터들이 너무 많이 돌아다니게 될 거예요."

"그건 정말 큰 피해를 입히겠군."

몬스터가 많아지더라도 중앙 대륙에서는 유저들이 어느 정도 사냥을 할 수 있다.

그렇지만 북부에서는 레벨 500대의 몬스터들만 던전을 벗어나서 활동한다고 해도 인근 초보 유저들은 떼죽음을 당할 것이다.

"음, 북부의 모든 마을과 도시에 성벽을 세울 수도 없고,

군대는 아직 너무 약하지."

"중앙 대륙도 유저들이 많지 않은 지역들이 꽤 돼요. 그런 곳들은 몬스터들이 침략을 해 오면 바로 무너질 거예요."

서윤이 예산을 꼭 필요한 곳에 썼지만, 그나마 시급한 불을 끈 정도에 불과했기에 당장 손을 대야 할 곳이 한두 군데가 아니었다.

위드는 와삼이를 타고 북부를 돌아다니면서 몬스터들이 확실히 많이 늘어난 것을 느꼈다.

전에는 하늘을 날아다니다 보면 지상의 몬스터들이 가끔 보이는 정도였다면, 지금은 흔하게 보인다.

아르펜 제국이 북부와 중앙 대륙을 차지했지만, 군사적으로 본다면 헤르메스 길드가 군대를 잃고 철수한 것과 마찬가지였다.

병력의 공백만큼 몬스터들에 의해 공격당할 지역들이 많아졌고 전부 지킬 수는 없었다.

"위기로군. 아르펜 제국이 되자마자 도시들이 파괴되면 상황이 심각해질 거야."

서윤은 위드의 말을 들으며 북부의 과거를 떠올렸다.

위드는 폐허나 다름없던 모라타에 자신의 전 재산을 쏟아서 지금의 발전을 이루어 냈다.

그때의 험난한 개척 정신에 비한다면 지금의 어려움 정도는 아무것도 아닌 것처럼 느껴졌다.

"북부와 중앙 대륙은 넓어요. 제국을 통치하기 위해서는 함께 지키고 싸워 줄 영주들이 필요해요."

"음, 영주라… 영주가 필요하긴 하지. 그래도 영주는 비싸게 팔아먹을 수 있는 자리인데."

"영주 자리에 돈을 받아야 할까요?"

위드는 무심코 이야기하다가 서윤의 말에 정신이 번쩍 들었다.

'맞다, 바로 그거야! 돈을 받고 파는 거다!'

높은 지위를 돈을 받고 팔아먹을 수 있는 인사 청탁, 혹은 권력형 비리!

뉴스를 보면서 부러워만 했던 일을 드디어 자신도 직접 할 수 있는 지위에 오르고 만 것이다.

'북부 대륙에서야 황무지에 영주들을 임명해서 쏠쏠한 이득을 거두었다지만… 중앙 대륙은 상황이 반대지.'

작은 마을이나 광산촌도 많지만, 소므렌 자유도시 같은 대도시, 옛 왕국의 수도, 무역도시, 생산도시, 관광도시가 무수히 존재한다.

그런 도시들의 영주가 되는 건 대단한 영광이며 또한 이익을 거둘 수 있는 일이었다.

'영주 자리를 돈을 받고 팔면 짭짤하겠어.'

위드는 그렇게 생각했지만 솔직하게 말하지는 못했다.

남들에게는 야박하기 짝이 없는 수전노이더라도 서윤에게

만은 좋은 사람으로 남고 싶었다.

급히 두뇌 회전을 일으켜서, 비슷한 말이지만 좀 더 고급스러운 표현을 떠올렸다.

"원래 동물을 분양받을 때도 책임비라는 게 있어."

"책임비요?"

"반드시 자기가 책임을 지겠다는 의미로… 잘 키우겠다고 내는 거지. 공짜로 동물을 분양해 주는 게 아니거든. 그리고 제국 발전을 위해서도 돈이 필요하고. 그러니까 영주도 책임비를 좀 내야 하지 않을까?"

서윤은 위드가 어떤 사기를 치더라도 순수하게 받아들일 정도로 단단히 콩깍지가 씐 상태였다. 평소에는 이성적이고 똑똑하지만, 위드의 말에는 조금도 의심하지 않았다.

"책임비는 얼마나 달라고 해요?"

"무조건 많을수록 좋지. 경매 방식으로 하면서 최소 1,000골드 이상으로 해야 되지 않을까? 일단은 성의 표시니까."

"알겠어요."

위드는 시작 가격은 아무 의미가 없다고 생각했다. 어차피 경매란 끝날 때의 금액이 중요하다.

'영주 자리를 팔아먹으면 유저들로부터 엄청나게 욕을 먹겠지.'

사냥으로 얻은 장비들을 처분하는 것과는 달랐다.

도시와 마을을 통치하는 영주이기에 아무나 임명해서는

안 된다. 그럼에도 이번 한 번만큼은 눈을 질끈 감고 욕을 먹어 보기로 작정했다.

'제대로 한몫 챙길 기회가 흔치 않잖아. 어차피 인생은 한 방이야.'

동시에 서윤은 정반대의 생각을 했다.

위드가 내세운 명분을 철저히 믿었을 뿐 아니라, 이번 일을 부족한 자금을 모아 아르펜 제국을 발전시킬 기회라고 생각했다.

'우리에게는 세상을 좀 더 행복하게 만들기 위한 돈이 필요해.'

제목 : 아르펜 왕국의 신임 영주를 모십니다.

안녕하세요.

과분하게도 아르펜 제국의 내정을 담당하고 있는 서윤입니다.

중앙 대륙이라는 드넓은 땅을 모두의 힘으로 얻어 냈어요. 도시의 부서진 시설들을 고치고, 몬스터의 침략에도 대비해야 하는데… 너무나도 힘이 부족하네요.

그래서 많은 분들의 도움이 필요합니다.

사람을 생각하는 마음.

도시를 경영하고 싶은 꿈.
미래를 만들어 가기 위한 추진력.

영주가 되기 위해서는 이 세 가지면 충분합니다.
어서 아르펜의 영주에 지원을 해 주세요.

추신. 영주가 되시는 분들에게는 책임비로 최소 1,000골드를 받
을게요.
지원자가 많은 지역은 가장 많은 책임비를 내신 분에게 우
선권을 드려요. 책임비는 아르펜 제국의 발전을 위해서 아
껴서 쓰도록 할게요.

풀죽신교의 게시판에 진심을 담아서 쓴 글.
본인 인증을 위해, 갑옷을 차려입은 서윤이 와삼이를 타고
하늘을 나는 이미지가 동봉되어 있었다.

　-존예… 이게 현실에 존재할 수 있는 외모임?
　-이 얼굴과 분위기. 로열 로드에서 매력 10,000 스텟 찍어도
불가능하다고 방송에서 분석했었죠.
　-50,000 정도 찍으면 비벼 볼 수 있지 않을까요?
　-다시 태어나도 안되는 미모입니다. 종족이 달라요.
　-사진발 아닌 거 학생들도 인정했죠. 대학 다닐 때 찍힌 일상복

사진들 몇 개 올라왔었는데… 후아.

-흰 티셔츠에 청바지. 거기서 끝.

-위드가 부럽다. 다 가졌다…….

서윤의 외모에 대한 댓글들만 한동안 계속 올라왔다.

-근데 이거 진짜 풀죽 여신님이 쓴 글?

-사진 위조 아님?

-위조가 불가능한 사진이잖아요. 이 아름다움이 포샵으로 가능
함?

-인정.

-하늘에서 찍은 단독 사진이라 본인이 아니면 올릴 수 없을 것
같네요.

-소심한 브이 자. 왜 이렇게 귀여우신지.

-아, 지금 내용 읽었습니다.

-영주 모집 글이네요.

-책임비 1,000골드라니… 여신님이 얼마나 소박하신지…….

-누구나 지원할 수 있겠네요. 경쟁률이 장난 아닐 것 같지만.

-실제로 1,000골드에 결정되는 지역은 거의 폐허 정도겠네요.
돈으로 경쟁해야 하니 어쩔 수 없지만요.

아르펜 제국의 영주는 모두가 탐낼 만한 자리였다.

위드가 영주들을 혹독하게 쥐어짠다는 소문도 있긴 했지만, 사람들은 잘 믿지 않았다.

아르펜에서 영주 자리를 자발적으로 내놓을 이들은 아무도 없었던 것이다.

명예만이 아니라, 마을과 도시를 발전시키는 재미에 푹 빠져서 살아가는 이들이 대부분.

더구나 중앙 대륙의 영주라면 그 지역의 주민들을 비롯해 욕심내는 이들이 많았다.

-한번 해 볼까요? 모아 둔 재산은 꽤 되는데……. 검사 레벨 480입니다.

-헤르메스 길드에서 박해를 받으면서도 꿋꿋하게 버텼죠. 전 재산 올인 갑니다.

-아르펜의 영주가 되고 싶네요. 멋지고 환상적인 경험이 될 것 같음.

-최소 레벨 500 이상, 혹은 상인들에게 유리한 경쟁일 듯.

-일단 가 봅시다. 영주 아닙니까!

중앙 대륙 유저들 사이에서 영주 열풍이 거세게 불기 시작했다.

그렇지만 북부 유저들은 실망스럽다는 분위기가 컸다.

아르펜 제국이 지금까지 커 온 것은 초보 유저들의 적극적인 참여 덕분이었다. 하지만 오로지 돈으로만 영주를 뽑는다면 자신들의 참여가 인정받지 못하는 셈이었던 것이다.

흑사자 길드의 칼리스는 긴급회의를 소집했다.

"아르펜 제국에서 영주를 모집하고 있습니다. 우리도 대응을 해야 될 것 같군요."

빈델, 제크트, 프로방스, 시엔, 파인 등 길드 내의 유명 유저들이 전부 참석했다.

한동안 흑사자 길드를 떠나 있던 유저들도, 헤르메스 길드가 망하면서 돌아왔다.

"어떤 식의 대응 말입니까?"

빈델이 궁금하다는 듯이 묻자, 칼리스가 담담히 말했다.

"얼마를 내더라도 툴렌 지역은 우리가 얻어야 하지 않겠습니까? 오래전부터 우리가 다스리던 땅이니까요."

"맞네요. 툴렌 지역은 남에게 넘겨줄 수 없죠."

"절대 떠날 수 없는 우리 고향입니다."

흑사자 길드의 유저들이 저마다 한마디씩 했다.

예전에는 명문 길드들이 전쟁으로 영토를 빼앗고 잃었다면, 아르펜 제국에서는 돈이 있어야 했다.

시엔이 조심스럽게 말했다.

"우리가 이번 전투에서 열심히 싸운 것도 있는데, 위드 님이 툴렌 지역은 그냥 넘겨주지 않을까요?"

희망에 차서 한 말이었지만, 주변인들의 공감을 얻기는 어려운 일이었다.

칼리스부터 고개를 저었다.

"우리 길드가 나서서 열심히 싸우기는 했어도, 승패에 결정적인 역할을 한 것은 아닙니다. 거의 위드가 혼자서 해낸 전투이기도 했고요."

"하지만……."

"툴렌 지역의 가치가 얼마나 큰데 그걸 주겠습니까? 좀 깎아 달라고 말은 해 볼 겁니다. 하지만 위드의 성격상 그것도 상당히 무리겠죠."

칼리스나 흑사자 길드 유저들은 목돈을 만들어 내야 한다는 부담감은 있어도 상황이 나쁘진 않다고 생각했다.

헤르메스 길드에 정복당했을 때는 강제로 고향을 떠나서 떠돌아다니며 온갖 불이익을 다 받아야 했다.

"모아 놓은 돈을 좀 내더라도, 영주의 자리를 얻으면 언젠가는 회수할 수 있는 금액이라고 봅니다. 우리의 활동 근거지를 확실하게 마련할 수도 있고 말이죠."

"저도 찬성입니다. 영주 모집이라는 게 여러 번 벌어지는 일도 아니지 않습니까? 이번에 응하지 않으면 아르펜 제국이 무너질 때까지 기다리거나 반란을 일으켜야 한다는 건데… 우리 길드가 유지되기 위해서도 영토가 필요합니다."

흑사자 길드에서는 결국 돈을 모아서 툴렌 지역의 영주에 지원하기로 했다.

다른 명문 길드들의 선택도 같았다.

더불어 초창기부터 중앙 대륙에 존재했던 중소 길드들도 재결합했다.

영주의 꿈을 버릴 수 없었던 이들은, 자신들이 모아 놓은 돈을 몽땅 털어 넣기로 했다.

- 최소 쉰 곳에서 몬스터 웨이브 발생 징조.

- 해안 지대도 붉게 물드는 등 심상치 않음.

라페이는 하벤 왕국의 군사 요새인 라호냐에서 보고를 받고 있었다.

중앙 대륙을 지배하던 제국은, 가르나프 전투가 끝나고 다스리는 영토와 인구가 줄어들며 왕국으로 강등당했다.

심지어 아렌 성이 케이베른에 의해 파괴된 것은 국력을 약화시키는 결정타!

그럼에도 정보망은 남아 있어서 대륙의 소식이 들려왔다.

"대륙 전체가 위험하겠군요. 몬스터 웨이브라……. 이 정도까진 생각하지 못했는데, 케이베른이 대륙의 운명을 좌우할 수도 있을 것 같습니다."

"위드의 야망이 시작부터 흔들릴 테죠. 유저들이 자기들의 고향으로 돌아가기도 전입니다. 그리고 도시마다 남은 병력도 거의 없고요."

정보대의 유저들이 나누는 대화를 들으며 라페이는 속으로 생각했다.

'일이 이대로 진행되면 위드는 절대 막아 내지 못할 것이다.'

중앙 대륙에만 1,000개 이상의 도시들이 있으니 이를 전부 지켜 낸다는 건 무리였다.

헤르메스 길드가 의도치 않게 가르나프 평원에 모든 군사력을 쏟아부음으로써 요새와 성의 병력이 텅텅 비었다.

교통의 요지에 있는 몇 개의 도시들이 폐허로 변하면, 몬스터들은 방어벽이 뚫린 것처럼 마구잡이로 확산되어 갈 것이다.

'케이베른이 에바루크 성을 비롯해서 주요 도시들을 파괴하는 것도 예정되어 있지. 위드는 감당하지 못할 거야.'

헤르메스 길드의 세력은 하벤 지역으로 축소되었다.

로열 로드에서 최고 수준의 유저들과 영주들은 불만이 가득했지만, 당장 발등에 더 큰 불이 떨어진 건 아르펜 제국이었다.

정보대의 소니아라는 유저가 말했다.

"유저들이 우리 헤르메스 길드에 분노하지 않을까요?"

수많은 도시들이 부서지고 베르사 대륙이 파괴당할 테니, 당연한 걱정이었다.

라페이는 실소를 머금었다.

"우린 더 먹을 욕이 없어요."

"……."

"모두가 적이라는 것을 확인하고 실행한 계획입니다. 위드나 유저들도 실패를 겪어 봐야 되겠지요."

"실패요?"

"악룡 케이베른은 큰 피해를 입히고 말 겁니다. 중앙 대륙과 북부 대륙이 크게 파괴되면, 사람들은 위드에 대한 헛된 희망을 버리게 되겠죠."

라페이도 마지막 도박수를 던진 것이었다.

케이베른에 의해 아렌 성이 파괴되기도 했지만, 막다른 길에 몰린 이상 이 정도의 악화는 아무것도 아니다.

"일을 저지른 건 우리지만, 어찌 되었든 수습해야 하는 쪽은 위드가 될 겁니다."

각 방송국들은 아르펜 제국의 영주 선정을 속보로 알리고 생중계를 진행하기로 결정했다.

"이틀 뒤 자정부터 대지의 궁전에서 공개적으로 영주를 선정한다고 합니다."

"벌써부터 몇몇 도시들에는 영주 지원을 선언한 유저들이 꽤 많아요."

"역시 그렇죠. 대도시들은 경쟁이 정말 치열할 것 같아요."

CTS미디어나 KMC미디어 등에서도 내부 회의를 거쳐 영주를 신청하기로 했다.

과거에는 중립을 지켜야 하는 방송국이었기에 특정 세력에 속하는 게 곤란한 입장이었다.

그렇지만 아르펜 제국이 북부 대륙과 중앙 대륙의 대부분을 먹어 치운 이상, 기술적인 중립은 의미가 없게 되었다.

도시를 가지고 있으면 할 수 있는 프로그램들이 많이 있었고, 다른 방송국들과의 경쟁 때문에라도 주요 도시의 영주를 신청하기로 했다.

"흑사자 길드에서는 툴렌 지역을 사수하기로 공표를 했네요. 오주완 씨, 다른 사람들은 이쪽에는 아예 참여하지 말란 뜻 같아요."

"제 생각에도 그렇습니다. 하지만 흑사자 길드의 뜻대로는 되지 않으리라고 봅니다."

"어째서요? 좀 쇠락하긴 했지만 흑사자 길드에서도 모아놓은 돈이 꽤 많지 않을까요?"

"그래도 툴렌 지역 전체는 욕심이죠. 상당한 부자들, 그리고 부유한 길드나 개인도 지원할 겁니다."

"툴렌 지역은 흑사자 길드의 영토였는데요."

"아르펜 제국이 통치하는 이상 예전의 영토라는 건 의미가 없게 되었습니다. 과거에는 무력으로 빼앗는 일이 흔히 벌어졌지만, 아르펜 제국에서는 영주로 임명되면 큰 문제가 없는 한 유지가 된다고 합니다."

"딱히 무력이 없어도 영주 자리를 유지할 수 있다는 것이 군요."

"네. 아르펜 제국의 새로운 질서입니다. 그러니 누구든 책임비⋯ 아마도 막대한 금액이 될 테지만, 이것만 낼 수 있다면 영주의 자리에 오르는 것이지요."

아이템 거래 사이트.

로열 로드와 관련된 물품들이 등록되는 사이트마다 갑작스러운 이변이 일어났다.

처음에는 골드의 시세가 2배가 넘게 폭등했다.

"미쳤네. 이거 왜 이래?"

아이템 거래 사이트마다, 골드가 등록되는 대로 팔려 나갔다.

"이럴 때 팔아야지."

"비싸게 팔 수 있겠네."

유저들은 너도나도 가지고 있던 골드를 처분했다.

로열 로드에서 골드는 일상생활에도 필요하고, 상점을 이용하는 데도 요긴하게 쓰인다.

하지만 열심히 사냥을 하고 퀘스트를 진행하면 딱히 골드에 큰 모자람을 느끼진 않았다.

집을 장만한다거나, 부유하게 여행을 다니고, 배를 건조하는 등의 활동을 한다면 한참 부족했지만.

"뭐야, 그새 또 올랐어?"

아이템 거래 사이트의 골드 시세는 그사이 3배가 더 올랐다.

깜짝 놀랄 만한 일이었지만, 밤이 되어 갈수록 시세는 계속 상승했다.

"아르펜 제국의 영주 신청 때문이구나!"

유저들은 그 이유를 깨달았다.

전 세계의 부자들이, 영주가 되기 위해서 아이템 거래 사이트의 골드를 싹쓸이하고 있었다.

제목 : 100만 골드 팝니다.

경매로 등록해 놨습니다. 사실 분들은 입찰해 주세요.

마감은 딱 30분 뒤입니다.

유저들은 비싼 값을 받기 위해 경매 제도를 활용하기도 했는데, 그 가격이 거짓말처럼 빠르게 올랐다.

누군가 시세보다 높은 금액으로 입찰을 했지만, 그다음 사람은 2배를 써냈다.

전 세계의 부자들.

중국이나 중동의 부자들에 미국, 유럽의 전통적인 대부호들이 적극 참여하고 있었다.

그들은 로열 로드가 단순한 취미 생활을 넘어서 새로운 삶의 공간임을 인정하고 있었고, 이번 영주 모집이 아니면 기회를 얻기 어렵다고 봤다.

돈의 가치란 상대적인 것.

취미 생활에 수백억도 기꺼이 쓸 수 있는 그들에게, 아르펜 제국의 영주 자리는 굴러들어 온 떡이나 마찬가지였다.

'한 지역에서 왕이 될 수 있는 기회 아닌가?'

아르펜 제국은 북부 대륙에서도 영주들에게 간섭이 적기로 유명했다.

유저들을 상대로 횡포만 부리지 않고 정해진 세금만 납부한다면, 절대 귀찮게 굴지 않는다.

명예와 새로운 경험을 원하는 부자들에게는 딱 맞는 기회였다.

"골드를 전부 매수해."

"가격은 상관없어."

"100억? 200억? 기껏해야 건물 한 채만큼도 안 되는 돈인데, 내가 그 정도도 못 살 건 아니잖아."

"남들보다 무조건 더 사. 남는 골드는 도시 발전에 투입해도 되겠지."

"강한 유저들이나 길드에 연락을 해. 방법은 많잖아. 없으면 만들어서라도 구하라고."

전 세계 부자들이 전부 다 움직인 것도 아니고, 그중 일부에 불과했다.

그렇지만 그들끼리 경쟁이 붙으면서 가격은 30배를 넘어섰고, 유저들은 기꺼이 골드를 팔아 치웠다.

일반 유저들의 입장에서는, 아르펜 제국의 영주 선정이 끝나면 골드 가격은 원래대로 돌아갈 가능성이 높다고 봤다. 비정상적으로 비싼 가격에 팔 수 있는 기회를 그냥 놓칠 수는 없었다.

그렇게 아이템 거래 사이트에서 100억 골드가 넘는 자금이 사고팔렸다.

대지의 궁전.

아르펜 제국의 황궁 역할을 하는 이곳이 수많은 유저들로 북적였다.

"자, 그럼 아르펜 제국의 영주 선정을 시작하겠습니다."

화령이 진행을 시작하며, 벽에 베르사 대륙의 지도가 넓게 펼쳐졌다.

북부 대륙과 중앙 대륙.

10대 금역과 하벤 지역을 제외한 모든 장소들이 대상이었다.

아르펜 제국은 신속하게 영역을 확대하는 데 성공한 것이다.

사실상 경매 제도로 영주를 결정한다는 게 알려지자 풀죽신교를 포함해서 유저들 사이에 논란도 있었다.

"결국 영주 자릴 돈 받고 파는 거 아냐?"

"제대로 한몫 잡으려는 속셈이네. 우리가 누굴 위해서 싸운 거야?"

"아르펜을 위해 싸운 사람들에게는 아무것도 안 주면서, 영주가 되려는 이들에게 돈을 받으면 되나?"

유저들의 반발과 비난이 거세게 일었다.

그럼에도 위드를 옹호하는 이들이 아직 많았다.

"하벤 제국이 싫어서, 우리가 스스로 나서서 싸운 거였지. 다들 한밑천씩 떼어 주길 바라는 건 도둑놈 심보 아닌가. 전쟁 참여로 공적치도 받았잖아요. 솔직히 우리 모두가 모여서 약간씩 기여했지, 개인으로 따지면 위드 님만큼 공을 세운 사람도 없잖아."

"위드 님이 없었다면 우린 그냥 하벤 제국에서 착취하는 걸 그대로 다 당하고 살아야 했을걸. 혜택을 입고 있어도 고마운 줄을 모르네요."

"모라타부터 아르펜 제국까지 키운 걸 쭉 봐 온 사람들은 절대 욕을 못 하지. 지금까지 번 돈 다 투자하고, 전부 자신의 손으로 일구어 낸 건데……."

"와… 이젠 하다 하다 영주 선정까지 욕을 하네. 아니 그러면, 영주를 안 뽑으면 다 빈 땅으로 내버려 둬야 함? 당장 몬스터들이 쳐들어오는데 관리는 누가 하고?"

"솔직히 돈이 없으면 이렇게 넓은 제국을 어떻게 관리합니까? 알고 보니 푸홀 워터파크 별장 분양한 돈도 다 내정에 투자했던데!"

"그 돈을 전부요?"

"예. 이미 전액 투자된 것 같습니다. 전쟁이 벌어지는 와중에 별장 분양하는 거 보고 욕했는데… 알고 보니 그게 다 우리를 위해서 투자하기 위한 거였음."

풀죽신교 내부에서도 반발이 있긴 했지만, 그럼에도 당장은 믿고 지켜보자는 의견이 압도적으로 우세했다.

그렇게 시작된 영주 선정!

"먼저 많은 분들이 관심을 가진 브리튼 지역부터 영주 선정을 시작하겠습니다."

화령은 바로 핵심이라고 할 수 있는 브리튼 지역의 대도시, 상업 도시부터 영주의 지원을 받았다.

"1,000골드!"

"자, 1,000골드 나왔습니다. 다음 분은……."

한참 뒤쪽에 로브를 뒤집어쓰고 있던 사내가 손을 들었다.

"1,000만 골드!"

"1,000만 골드요? 네, 1,000만 골드가 나왔습니다."

화령이 놀라서 진행을 하는데, 이번엔 앞쪽에 있는 미남자가 외쳤다.

"5,000만 골드!"

"5,000만 골드라니……."

"1억 골드!"

단숨에 뛰어 버리는 영주의 가치였다.

사람들이 놀라는 와중에도, 3~4명이 경쟁이 붙었다.

데넴이라는 이름의 대도시는 무려 3억 2,300만 골드에 낙찰!

그 뒤로 경매가 이어진 도시들도 기본 2~3억 골드에 팔려 나갔다.

소므렌 자유도시를 비롯한 몇몇 지역은 주변에 영향력이 큰 특성상 직할령으로 유지하기로 했지만, 무역의 중심지가 되는 다른 도시는 4억 골드도 받았다.

특히 풍경이 아름답고 호수나 강이 있는 이름 있는 도시들은 웃돈이 더 붙었다. 대장간이나 광산이 많은 도시들보다도 인기를 끌었다.

자정부터 시작된 영주 선정은 그다음 날까지도 계속 이루어졌다.

"조각사 뎁스입니다. 이름과 지역이 어떻게 되시죠?"

"이름은 다코이고, 지역은 포그마 마을인데요."

"네, 알겠습니다."

사각사각사각.

조각사 뎁스는 영주들의 임명장을 돌에 직접 새겨 주었다.

아르펜 제국의 영주

검사 다코이를 포그마 마을의 영주로 임명함.

황제 위드

"118골드 80실버입니다."

"네? 공짜 아니었어요?"

"임명장은 막 영주가 되었을 때에만 새겨 주는 건데요. 싫으시면 안 해도 되고요."

"아, 할게요."

조각사 뎁스도 짭짤한 부업을 통해 한몫 잡을 수 있었다.

위드는 부쩍 늘어난 몬스터들을 사냥하느라 대지의 궁전에는 오지 못했다. 그렇기에 조각술과 관련된 일감을 뎁스에게 넘겼다.

-몇 건이나 했어?

-지금 여든 건 했습니다. 아직 반의반도 못 했어요.

-계속 수고해 줘.

-예, 위드 형님!

어린 뎁스는 롤 모델로 위드를 따르고 있었다.

헤스티아의 신상을 만들 때부터 친해진 그들의 관계는 꾸준히 유지되었다.

이런 일감도 가끔씩 가져다주었고, 어떤 때는 인생의 교훈도 알려 주었다.

-조각품의 가격을 누가 결정했어? 열심히 일해서 싸게 팔면 누가 알아줄 것 같아? 비싸게 받는 것도 조각사의 능력이야.

-상대방을 기분 좋게 만드는 거짓말은 사기가 아냐. 우린 알면서도 속아 주는 고객들이 만족하도록 노력해야 해.

-돈은 항상 모아야 돼. 쓰기 시작한다고 해서 막 행복해지거나 하진 않아.

-남의 돈을 어떻게 해서든 내 돈으로 만들기 위한 고민을 해 봐. 거기서부터 아이디어가 생기는 거야.

-원가는 절대 공개하지 마. 노력해서 만들었다는 점을 강조해. 그리고 우리가 만드는 건 언제나 한정판이야. 내일 똑같은 걸 만들더라도 말이지.

　'헤헤, 형님한테 94골드씩 바치더라도 꽤 많이 남겠다.'
　뎁스는 웃으면서 조각품을 깎았다.
　돌로 만든 임명장까지 받은 영주들은 이어지는 연회도 즐길 수 있었다.
　산해진미가 차려진 사파이어 홀에 모여서 만찬을 즐겼다.
　각 지역의 신선한 식재료들로 로열 로드 최고의 요리사들이 솜씨를 부린, 영주들끼리 어울릴 수 있는 자리였다.
　"라디아 자유도시의 영주시라고요? 하하, 제가 얻은 고든 요새와 가까운 곳이군요. 앞으로 잘 부탁드립니다."
　"저야말로 잘 부탁드려야죠. 상단들이 자주 드나들 텐데요."
　"특산품으로는 장검이 유명하다면서요?"
　"예. 라디아 자유도시에서 만든 검은 공격력이 5, 내구도가 20%씩은 높지요. 이곳의 강철 때문입니다."
　"부럽습니다. 좋은 지역을 얻으셨군요."
　영주들은 품위 있게 와인을 마시며 연회를 즐겼다.
　막대한 돈을 쓰기는 했지만, 그들이 얻은 영주라는 자리는 지출에 대한 아쉬움을 조금도 느끼지 않게 만들어 주었다.

현실에서 시장이나 대통령이 되려면 천문학적인 돈을 써도 부족한데, 아르펜 제국에서는 스스로 자리를 반납하지 않는 이상 계속 유지할 수 있다.

"콘체른 가문이라고요?"

"그렇습니다. 혹시 알고 계시는지…….."

"막내아들이 그쪽 재단에서 세운 대학에 들어갔습니다."

"그러셨군요, 하하."

전 세계의 부유층이 모여서 화기애애한 대화를 나누었다.

자수성가한 부자도 있었지만, 그들 대부분은 평생 동안 귀족처럼 살아온 이들이었다.

앞으로 벌어질 일들에 대해서는 까맣게 모른 채, 로열 로드라는 또 다른 세상에서 재미있는 장난감을 손에 쥐었다는 정도로만 생각했다.

마판 상단의 상인들이 와인을 들고 돌아다니기 시작했다.

"모라타의 특제 와인입니다. 향기로운 와인 제조사 엘크 군이 만들었습니다. 포도는 무려 미레타스 님이 직접 키운 것을 썼지요."

"오… 향이 기가 막히는군!"

"석양을 닮은 와인이라. 생전 느껴 본 적이 없는 맛이야."

영주들은 한 모금씩 마셔 보고는 감탄했다.

이토록 좋은 와인은 그들도 처음이었다.

"한 잔 더 주시오."

"수량이 한정되어 있어서요. 한 잔은 무료로 제공하지만, 그다음부터는 돈을 내셔야 합니다."

"돈을 받는다고? 그럼 병째로 사겠소."

영주들은 화끈하게 와인을 구입했다.

모라타 특제 와인의 가격은 5만 골드나 되었지만, 영주들의 주머니는 쉽게 열렸다.

대규모 투자

－결국 최악의 방법으로 영주들을 뽑네. 돈이면 다야?

－위드도 돈에 눈이 멀었나. 절대 그런 사람이 아닐 거라고 생각했는데.

－실망이다, 실망…….

－역시 황제가 되면 다들 바뀜.

－원래 모습이 드러나는 거죠.

방송국이 생중계한 아르펜 제국의 영주 선정은 막대한 비난 여론을 만들어 냈다.

"라딘 도시에 지금 2,960만 골드가 나왔습니다."

"네, 3,200만 골드를 지불하겠다는 분이 나왔네요."

영주 자리 경매에 초보들은 물론이고 웬만한 유저들은 상상도 할 수 없는 거액이 나왔다.

-완전 돈 잔치네.
-대박이다. 위드가 아르펜 제국으로 한몫 단단히 챙기겠네.
-이런 거 보고 싶지 않았는데… 실망했다.
-위드도 똑같은 놈이죠.

영주라는 직위는 명예와 권력 외에도 매달 많은 세금을 거두어들이는 위치다. 그렇기에 비싸게 부르는 사람들이 많을 수밖에 없었다.

-그렇다고 아무나 영주를 시킬 수는 없잖아요. 레벨로 따지자면 헤르메스 길드나, 그쪽에 아부하며 살아온 사람들이 제일 높습니다. 고레벨한테 영주 주는 거보단 낫죠.
-1억 명의 유저들 중에서 누군가가 영주가 되었다면 안된 사람의 반발은 어떤 식으로든 있었을 겁니다.
-일단은 믿어 봅시다. 지금까지 잘해 왔잖아요.

위드를 옹호하는 유저들도 있었지만, 방송으로 보이는, 돈으로 직위를 사는 모습 때문에 반발의 목소리가 훨씬 컸다.

-우리가 속은 걸 눈으로 보고도 몰라요?

-차라리 위드가 통째로 다 다스리지. 그러면 이런 기분은 안 들 텐데.

-진심 짜증 난다.

-브리튼 연합 지역의 유저입니다. 하벤 제국이 물러가고 아르펜 제국이 왔네요. 근데 그게 그거 아님?

위드는 악룡 케이베른의 영향으로 늘어난 몬스터들을 처리하기 위해 언데드들을 이끌었다.

"일어나서 싸워라. 모조리 다 죽여라!"

해골.

그리고 더 많은 해골!

원래부터 질보다 양이었지만, 조각 생명체들이 같이 싸우며 체계도 확실하게 잡혔다.

워리어 바하모르그가 선두에 있었고, 반 호크, 토리도가 병력을 지휘하며 함께했다.

"나를 믿고 돌격하라!"

"암흑 군대여, 뼈마디를 바쳐라!"

"피를! 신선한 피를!"

기사 세빌과 여검사 빈덱스, 바바리안 전사 게르니카도 옆에서 부지런히 지원했다.

"언데드와 함께해야 하다니 기사도에 어긋나지만, 사람들을 지키기 위함입니다!"

"아무 곳이나 좋아. 싸울 수 있다면."

"크흐흣, 전투는 언제나 짜릿하지."

하이 엘프 엘틴이 마법 화살을 쏘고, 금인이는 불을 뿜어냈다.

누렁이는 대형 수레를 이끌고 다니면서 잡템을 빠짐없이 수거했고, 몬스터의 규모에 따라 백호나 독사, 악어 나일이도 합류했다.

"돌파해. 더 빨리!"

북부 대륙에 떠돌아다니는 몬스터의 무리는 며칠 사이에 수천에서 수만으로 늘어났다.

언데드들의 장점이라면 적과 싸우면서 규모를 꾸준히 늘리거나 유지할 수 있다는 점이었다.

비좁은 던전 사냥을 한다면 몇 마리만 남겨 놓고 역소환을 해야 될 테지만, 평지에서라면 언데드는 많을수록 좋다.

데스 나이트, 듀라한, 유령이 주력이 되고, 가끔씩은 둠 나이트도 소환되었다.

언데드의 수가 많아질수록 사냥 효율도 높아져만 갔다.

─레벨이 올랐습니다.

대규모 사냥에 적합한 네크로맨서!

'던전에 들어가지 않아도 되고, 한꺼번에 뭉쳐 있는 몬스터들을 싹 쓸어버리기에 좋네.'

"전방 95미터 지점에 적 출현!"

"뒤쪽에서도 몰려오고 있다!"

그렇다고 사냥이 쉬운 건 아니었다.

연약한 언데드들을 짓밟으며 전진하는 괴수들은 수시로 나타났다.

─꾸오오오!

케이베른에 의해 던전 깊은 곳에 있는 몬스터들까지 몰려 나와 스켈레톤들을 박살 냈다.

위드는 마법 주문을 외웠다.

"끈적이는 피의 가시!"

피의 가시가 돋아나 고굴이라는 이름의 대형 몬스터들을 에워쌌다.

생명력을 감소시키고 움직임을 억제시키는 저주 마법.

"총공격!"

위드의 명령이 떨어지자 해골 기사들이 집단으로 5마리의 고굴에게 덤벼들었다.

─크워억!

고굴의 몸부림에 해골들이 사방으로 나가떨어졌지만, 다시 무섭게 뭉쳤다.

"죽음의 지배자의 명령이다. 너를 갈기갈기 찢어서 먹어 치워 줄 게야, 켈켈켈!"

"내 뼈마디가 어때. 아름답지?"

끈질긴 스켈레톤들은 고굴이 마음대로 돌아다니지 못하게 했다.

"바하모르그!"

"알겠다."

바하모르그가 도끼를 들고 덤벼들고, 하이 엘프 엘틴이 멀리서 불의 정령이 깃들인 화살을 쐈다.

슈슈슉!

불화살 수십 발이 언데드들 위를 가로질러서 고굴의 몸통에 정확하게 꽂혔다.

ㅡ너, 너희를……!

그 뒤에는 반 호크가 데스 나이트, 둠 나이트로 구성된 기사단과 함께 덤벼들었고, 토리도는 어느새 목뒤에 달라붙어서 피를 빨아 마셨다.

뱀파이어가 피를 빨아 마시자 급속하게 생기를 잃으면서 메말라 가는 고굴!

추정 레벨은 600대 중후반 정도였지만 언데드들의 조합과 병력 운용에 의해 피해도 거의 입히지 못하고 쓰러졌다.

"너희가 살아서 움직이던 땅으로 돌아오라. 이곳은 어두운 곳. 검고 부패한 땅. 영영 사라지지 않을 암흑의 율법을,

모든 이들에게 새길 수 있도록 하라. 언데드 라이즈!"

위드는 고굴을 데스 나이트로 바꾸지 않았다.

고굴 여러 마리라면 본 드래곤으로 태어나게 할 수도 있지만, 지배력과 마나 소모가 상당히 크다.

언데드 소환이 중급 9레벨에 이르면서, 고굴을 살아 있을 때처럼 다시 움직이게 할 수 있게 되었다.

비록 1시간 정도에 불과하다는 제약이 있긴 했지만.

거대한 맹수 고굴이 살점을 잃어버리고 뼈만 남은 상태로 몸을 일으켰다.

－영광의 언데드 지휘관을 뵙습니다.

고굴의 굵은 목소리가 전장에 퍼졌다.

스켈레톤과 데스 나이트, 듀라한은 이제 동료가 된 고굴을 보며 무기와 방패를 부딪치며 소리를 냈다.

"그래. 너는 적을 들이받아라!"

－알겠습니다.

5마리의 고굴이 파헬 강 인근에 모여든 몬스터의 무리를 짓밟으며 돌진했다.

그것만으로도 몬스터들의 진형은 엉망진창이 되고, 사기도 추락했다.

"언데드 투입!"

죽음의 기운을 물씬 풍기는 언데드들의 참전.

살아 있는 생명체들은 제대로 전투력을 발휘하지도 못하

고 무너져 갔다.

그럼에도 인근의 몬스터들은 끊이지 않고 몰려들었다.

"음머어어어어!"

"바로 그거다, 누렁아!"

탐스러운 육질과 큰 덩치로 몬스터들을 유혹해 오는 누렁이의 도움까지.

위드는 매일 1개 이상의 레벨을 올리며 한창 꿀을 빨고 있었지만, 머릿속은 복잡했다.

'이렇게 성장한다고 해서 케이베른을 잡을 수 있을까?'

빙룡, 불사조, 바라그 등의 강력한 부하들을 이미 거느리고 있었다. 전투력만 놓고 보면 이미 아쉬울 게 없는 수준.

그렇지만 그들을 케이베른 사냥을 위해 투입한다는 건 굉장한 위험을 무릅쓰는 일이다.

'섣불리 할 수 있는 일이 아니야. 승리를 확신하더라도… 몇 마리는 죽게 되겠지.'

네크로맨서로서, 갈수록 어둠과 죽음의 힘을 본격적으로 다루어야 하는 것도 고민이었다.

리치와 같은 네크로맨서는 자신과 타인의 살아 있는 생명력을 바치고, 죽음의 힘을 손에 넣는다.

그 과정에서 악해지는 것은 물론이고, 명성과 평판의 하락이나 생명력, 신앙과 행운, 힘과 같은 스텟의 손실도 있었다.

물론 바드레이와는 다르게 위드의 긍정적인 명성은 너무

나도 높았다.

북부 주민들 중 일부는 위드를 신처럼 모시자는 의견도 낼 정도였다. 조금만 더 업적과 명성을 쌓으면 꼭 불가능한 일도 아니었다.

'아무래도 네크로맨서로 쭉 성장하기는 애매하군. 드래곤과는 싸우더라도 한참 나중이 될 줄 알았는데.'

네크로맨서에게 성장의 벽을 돌파하기 위한 지름길이 있긴 했다.

언데드의 군주인 바르칸 데모프처럼 파괴적으로 성장하는 방식!

그러나 현재 대륙을 장악한 건 아르펜 제국이다.

헤르메스 길드의 세상이라면 깽판이라도 칠 테지만, 그것도 아닌 마당이었다.

-똬리를 틀고 있는 뱀의 던전을 공략하셨습니다.
던전 공략을 최단기간에 성공하셨습니다.
명성이 7,680 오릅니다.
마법 전투 경험에 의해 지혜가 영구적으로 3 증가합니다.
완벽한 공략으로 인해 보상이 2배로 적용됩니다.

몬스터가 줄어들었을 때는 틈틈이 던전 공략도 진행했다.

유린을 데리고 북부는 물론이고, 중앙 대륙의 던전들로도 이동했다.

꾸준히 전투 공적을 얻는 것이 성장의 핵심!

'지금 내 성장 속도가 빠른 건 초보 시절부터 쌓아 온 스텟 덕분이야. 훗날을 위해서라도 전투 공적은 넉넉하게 쌓아야지.'

하루에 던전 4개 정도는 소화하는 것이 목표였다.

헤르메스 길드에서도 이렇게 많은 던전을 돌아다니는 유저는 거의 없었다.

자신의 성장이나 전투 방식에 따라 서너 곳 정도의 던전을 주요 사냥터로 삼고 활동한다.

그 방식이 안전하고, 효과적이라고 판단했기 때문이다.

위드는 웬만해서는 죽지 않을 자신이 있었고, 조각 생명체와 언데드의 조합은 대부분의 던전에서 잘 통했다.

"이대로 시간만 주어진다면 사막의 대제왕 시절보다 훨씬 강해질 수 있겠다."

전투 업적으로 지력과 지혜가 잘 오르는 것도 긍정적인 요소였다. 스킬의 위력을 강화하고 마나의 양을 늘리는 것도 필요하기 때문이다.

"나중에는 나도 바드레이처럼 이것저것 비기를 막 쓰면서 싸우는 것도 정말 좋겠지. 강한 스킬은 아끼지 말고 막 써 줘야 하니까."

ㅡ포르모스 성은 흑사자 길드에 낙찰되었습니다.

숨긴돈의 보고였다.

위드는 바쁘게 사냥을 하면서도 영주 모집을 확인하고 있었다.

-근데 방송 시청자 의견이나 로열 로드와 관련된 게시판들의 분위기가 좋지 않습니다.

-예상했던 대로지만… 어느 정도나요?

-공공연하게 아르펜 제국을 비난하고 있습니다. 중앙 대륙 유저들이 많고, 여기에 북부 대륙 유저들도 포함된 것이 충격입니다만.

-하긴, 그럴 만도 하죠.

위드도 충분히 공감할 수 있는 일이었다.

가르나프 평원에서 다 함께 어렵게 싸워서 승리했더니, 그것으로 돈 많은 영주들을 모집하여 제대로 한탕 해 먹으려 한다고 의심될 테니까!

'그게 사실이기도 하고. 실상 이 일을 진행하면서 나도 욕 먹지 않을지 걱정하긴 했다.'

아르펜 제국은 땅만 넓을 뿐, 따지고 보면 하벤 제국보다도 그 뿌리가 취약했다.

돈 때문에 시작한 일이기는 하지만, 드넓은 아르펜 제국을 전부 직접 통치하기는 무리라서 영주들이 있어야 했다.

"흠, 어쩔 수 없지. 축제라도 열든가, 푸홀 워터파크 같은 놀이 시설이라도 만들어 주는 수밖에."

위드는 어떻게든 눈을 질끈 감고 떼돈을 벌어들이기로 결심했다.

'지금까지 쭉 잘해 왔잖아. 이번만큼은 나를 위해서 살자. 욕먹는 건 나중 일이고… 당장 챙길 건 챙겨야지.'

어쨌든 지금 제대로 한몫 챙겨야 한다.

일이 순조롭게 잘 진행되어 영주 모집이 끝나면 빌딩 수십 채 정도가 생길지도 모를 일이었다.

헤르메스 길드의 학살자 칼쿠스!

그는 현실에서는 이종성이라는 이름의 전업 게이머였다.

가르나프 평원 전투에서 패배하고 며칠 동안은 집 밖으로 나오지도 않았지만, 방송으로 아르펜 제국의 영주 모집을 보자니 배가 아파 왔다.

"위드 그놈이 혼자서 다 해 먹다니. 도대체 얼마를 챙기려는 거야?"

이종성은 게시판에 열심히 악플을 달았다.

─위드가 영주 자리 팔아서 부자 되겠네요. 열심히 싸운 사람 따로, 한몫 챙기는 사람 따로. 정신 차립시다. 우린 다 이용당한 것뿐이에요.

악플을 달고 다른 유저들의 반응을 기다리는 몇 초간은 가슴이 설렜다.

－맞다. 이러고도 위드가 헤르메스 길드보다 낫다고 할 수 있나?
－그놈이 그놈이야.
－시작부터 이럴 줄은 몰랐는데… 우리가 위드에 대해 너무 환상을 갖고 있었던 듯.

"아자!"
평소와는 달리 악플에 따른 호응도 좋았다.
물론 절반 정도는 반박하는 댓글도 달렸다.

－헤르메스 길드보다는 나음.
－까놓고 말해서… 나도 불만이 있긴 하지만 아직은 지켜봐야 됨.
－아르펜 제국 공식 법령을 만든다네요. 영주들이 마음대로 전횡하지 못할 테니 지금과 크게 달라지진 않을 듯.
－중간 관리자 역할을 맡기는 것이죠.
－헤르메스 길드는 우리를 같은 사람으로 보지도 않았음.
－기분 나쁘다고 죽은 사람 있냐? 난 못생겼다고 죽었다.

댓글들이 주르륵 달리는 걸 지켜보며 이종성은 잠시나마 행복했다.

로열 로드에 접속하면, 중앙 대륙을 휘젓고 다니던 과거와 는 다르게 하벤 지역에만 머물러 있어야 했다.

　다른 헤르메스 길드원들과 함께 씁쓸한 패배감에 빠져 있 느니 악플이라도 다는 것이 훨씬 기분이 좋았다.

　이종성은 게시판마다 옮겨 다니면서 부지런히 글을 올렸 다.

　-케이베른이 베르사 대륙 전부 파괴할 듯.

　-악룡 케이베른을 이제 누가 막죠? 위드요? 자기 앞가림하기도 바빠요. 아, 한몫 챙기느라 정말 바쁠 듯.

　-구관이 명관이란 말이 있죠. 헤르메스 길드가 지배할 때가 그 나마 나았다는 생각이 들지도 모르겠네요.

　-위드 죽는 모습 기다려진다…….

　-역시 힘이 있어야죠. 인기요? 힘 앞에서는 물거품과 같은 것임.

　따르르!

　한창 악플을 달고 있는데 핸드폰이 울렸다.

　'설마? 나인 걸 걸렸나?'

　이종성은 조마조마하며 전화를 받았으나, 다행히 CTS미 디어의 작가였다.

　-이번 영주 선정과 관련해서 토론회를 개최하는데요. 참석해 주 실 의향이 있으세요?

평소에도 헤르메스 길드의 고위급 유저들은 방송 출연이 잦은 편이었다.

"아… 그건 길드와 협의를 해 봐야 됩니다."

─급히 편성된 방송이라 시간이 촉박해서요.

"바로 알아보고 연락드리겠습니다."

─가능하면 꼭 출연해 주셨으면 좋겠네요. 칼쿠스 님처럼 유명하신 분이 필요해요.

"긍정적으로 이야기해 보겠습니다."

이종성은 급히 헤르메스 길드의 연락망을 통해서 수뇌부의 허락을 받아 냈다.

라페이나 수뇌부에서도 위드의 영주 선정 방식에 대해서는 비난을 할 수 있는 여지가 충분하다고 보았던 것이다.

이종성은 방송에 출연해서 신나게 위드를 비판했다.

"아르펜 제국이 얼마나 갈 수 있을 것 같냐고요? 그들의 수명은 하벤 제국보다도 짧을 거라고 예상합니다. 벌써 사람들이 실망하고 있어요."

아르펜 제국
베르사 대륙의 중앙과 북부에 걸쳐 광대한 영토를 지배하는 제국.
드넓은 국토 면적을 자랑하지만 북부의 상당 지역은 개발되지 않은 상태이며, 중앙은 정복한 지 얼마 되지 않았다.

아르펜 제국의 국가 명성은 대륙에 알려진 상태.

그러나 중앙 대륙의 주민들은 불안해하고, 또한 기회를 엿보고 있다.

"아르펜 제국이라… 엄격하고 무섭던 하벤 제국에 비하면 별것 아닐 것 같아. 치안이 좀 불안해? 큰 규모로 산적 떼라도 만들면 농사를 짓는 것보다 낫겠는데."

"병사들을 추방해 버리자! 여긴 우리의 땅이다!"

"몬스터들이 많아졌다는데… 매우 위험하군. 아르펜 제국이 제대로 우리를 지킬 수 있을까?"

아르펜 제국의 명성보다는, 모험가이며 예술가인 황제 위드가 더욱 유명하다.

북부와 중앙 대륙 사이의 교통망은 매우 빈약하여, 교역이나 여행이 불편하다. 몬스터 무리를 몇 차례에 걸쳐 뚫어야 함.

아르펜 제국의 군대는 넓은 영토를 다스리기에는 현저히 역부족!

북부의 주민들과 중앙 대륙의 주민들은 완전히 다른 성향을 가지고 있다.

"아르펜 제국은 멋진 곳이야. 왜냐면, 우리 엄마가 멋지다고 했고, 나도 그렇게 생각해."

"마을이 많이 생겨나고, 사람들도 금방 모여 순식간에 도시가 되곤 하지. 아르펜에서는 뭐든 할 수 있어. 꿈을 이루고 싶다면 어서 시작하라고."

"멋진 배를 타고 싶다면 항구 바르나로 가. 36개의 돛을 펼친 범선이 바다로 나아가고 있어. 해적들이 숨겨 놓은 보물과 수많은 전설이 기다리고 있고 말이야."

북부의 주민들은 절대적인 충성을 바치고 있지만, 중앙의 주민들은 아르펜 제국에 마음을 열지 않는다.

"아르펜 제국이 이제부터 우리 것을 빼앗아 가겠지. 그 전에 우리가 먼저 빼앗는 건 어때?"

"정말 믿을 수 없어. 그들에 대한 건 모조리 다 거짓말이야."

"황금이 있다면 밭의 깊은 곳에 묻어 놓도록 해. 그게 가장 안전한 방법이야."

"기술을 가지고 있나? 희망을 가지고 있나? 그건 세상을 살아가는 데 필요한 게 아니야. 싸구려 맥주나 마시며 대충 살도록 해."

아르펜 제국은 방대한 영토를 정복하였으나 아직 주민들의 불안감을 지우지는 못했다.

달빛
조각사

프레야 교단과 루의 교단, 미네의 교단은 아르펜 제국을 친밀하게 여기고 있다. 종교적으로 깊은 우호 관계가 형성되어 있으며, 사제들은 아르펜 제국에 축복을 내리는 데 주저하지 않을 것이다.

황제 위드는 '아름다움과 예술, 모험, 평화'의 상징이 되었다.

북부에서 그의 업적은 나이와 직업을 떠나 모든 이들의 존경을 받고 있으며, 영웅 중의 영웅으로 불린다.

그들은 황제 위드에 대한 절대적인 믿음을 가지고 있다. 큰 사고가 일어나더라도 충성도가 떨어지는 일은 드물 것이다.

"세상에… 드래곤이라고?"

"대륙이 멸망할 징조야. 암, 우린 다 죽은 목숨이지. 그러니 술이나 마시자."

블랙 드래곤 케이베른에 대한 소문이 퍼지면서 제국 전역이 불안에 떨고 있다.

몬스터들이 도시로 가까이 다가오고, 블랙 드래곤의 날갯짓이 보이기 시작하면 위협은 곧 현실이 될 것이다.

간신히 제국의 영토를 돌아다닐 수준인 군사력으로는 몬스터를 막기에 역부족일 것이다.

군사력 : 25,631   **경제력** : 327,983
문화 : 57,273   **기술력** : 112,601
종교 영향력 : 89
제국 정치 : 56   **인근 지역에 대한 영향력** : 49%
제국 발전도 : 84
위생 : 52   **치안** : 62%

북부 지역의 주민들은 눈부신 성장에 즐거워하고 있다.

그들은 황무지와 범람 지역이 개간되어 푸른 곡식의 바다로 변한 것을 기적처럼 여긴다.

풍부한 산물로 더 맛있는 음식들을 찾고 있으며, 미식가들이 등장했다.

만성적인 광물의 부족은 북부의 생산력을 제한시키는 요소다. 광산의 채굴량이 늘어나는 생산력을 따라가지 못한다.

상인들이 밤낮으로 돌아다니기에 북부의 도로 사정은 대충 양호하다.

"돈을 내면 원하는 걸 살 수 있어. 그리고 돈은 일을 해서 벌지."

"멋진 세상이야. 그렇지 않나?"

"배가 고파서 나무뿌리를 씹어 본 기억이 나느냐고? 글쎄… 부드럽고 그윽한 풍미의 포도주 맛이 떠올라. 대륙에서 최고로 꼽는 모라타산이었지!"

"위드 폐하는 우리에게 모든 걸 주었지. 당신이 편안하다면 그건 모두 폐하의 덕분일 거야. 내 주변 사람들은 모두 동의해."

중앙 대륙의 사람들은 더 이상 아르펜 제국에 대해 말하는 것을 거부하였다. 그들은 불안과 공포, 혼란을 느끼고 있다.

충성도와 제국의 영향력이 낮아 중앙 대륙에 대해 자세히 알 수 없다.

중앙 대륙은 오래전부터 발전한 도시들이 많고, 막강한 경제력이 쇠락하면서 근근이 이어지고 있다.

아르펜 제국의 병사들은 검을 휘두를 줄 안다. 하지만 병력의 숫자가 부족해서, 북부 지역을 제대로 지키기에도 모자란 수준이다.

기사들은 긍지와 명예를 가슴에 안고 있다. 그들은 황제 위드를 위해 검을 뽑는 것을 주저하지 않으며, 정의로운 일을 할 수 있으리라 기대하고 있다.

제국 전체 인구 : 285,214,832.

매달 세금 수입 : 1,164,053,274.

제국 운영비 지출 내역 : 군사력 3%, 기술 개발 2%, 경제 발전 2%, 문화 투자 비용 1%, 의뢰 및 몬스터 토벌 4%, 도로 개설 3%, 종교 2%, 유보금 83%.

군사력 : 기사 26,951명, 수련 기사 84,279명, 병사 734,667명.

아르펜 제국의 군대는 훈련병들이 대부분이다.

자유 기사들이 속속 제국에 충성을 바친다. 그들은 황제 위드의 명성을 좇아 악룡 케이베른의 활동을 막기 위해 찾아오고 있다.

"……."

서윤은 눈을 반짝이며 내정 창을 보고 있었다.

북부만을 지배할 때에 비해서 수입이나 인구는 늘었어도, 엉망으로 보이는 부분이 많았다.

병사 몇 명씩을 보내어 중앙 대륙을 접수하는 방식을 취함으로써, 도시마다 치안이나 충성도가 바닥 수준이었다.

"이젠 급한 불을 끌 수 있어."

그녀는 영주에 지원한 이들에 의해 93억 2,000만 골드라는 막대한 금액이 모인 것이 고마웠다.

'정말 많은 돈이구나. 이 돈을 투자할 수 있게 되었으니 아르펜은 더 발전할 거야.'

영주 모집 글을 쓸 때, 그 문구들은 위드와 의논해서 작성한 것이었다.

—중앙 대륙이라는 드넓은 땅을 모두의 힘으로 얻어 냈어요. 도시의 부서진 시설들을 고치고, 몬스터의 침략에도 대비해야 하는데… 너무나도 힘이 부족하네요.

—그래서 많은 분들의 도움이 필요합니다.

—책임비는 아르펜 제국의 발전을 위해서 아껴서 쓰도록 할게요.

서윤은 약속대로 모인 금액을 개발을 위해 사용하기로 했다. 최근에 아르펜 제국의 내정은 그녀의 역할이었다.

'사람들의 도움으로 모인 소중한 돈이야. 한 푼도 낭비할 수 없어.'

중앙 대륙과 북부 대륙의 절반 정도는 영주들이 정해졌다.

아쉽게도 인구가 적은 요새나 군사도시, 험한 지형에 있는 마을들은 영주 지원자가 없었다.

블랙 드래곤 케이베른 때문에, 에바루크 성이나 토르와 가까운 지역도 위험하다는 이유로 영주 선발을 하지 않았다.

대도시, 왕국의 수도 같은 경우는 영주 지원자들끼리의 경쟁이 치열했지만 그렇지 않은 땅도 의외로 많았다.

사실 케이베른만 없었다면 아르펜 제국의 영주가 되기 위한 책임비는 훨씬 더 많이 거둬들일 수 있었으리라.

'아껴서 효율적으로 투자해야 해. 이번 기회를 살리지 못하고 돈을 허비하면 다음에는 더 어려워질 거야.'

서윤은 커다란 책임감을 느끼며 내정을 시작했다.

드넓고, 미개척지가 많은 북부 대륙의 발전을 위한 투자, 그동안 쇠락한 중앙 대륙에 대한 투자.

케이베른이 일으킨 몬스터들을 막기 위한 방어 시설, 주민들의 요구 사항까지 최적의 효율을 계산했다.

모든 요청을 들어줄 수는 없기에 하루에 걸쳐 재정을 필요한 곳에 나누었다.

아르펜 제국이 여든아홉 건의 대형 개발 사업을 진행하고 있습니다.
베르사 대륙 사상 최대의 금액이 발전을 위해 대륙의 각 지역에 뿌려졌습니다.
위대한 건축물 의뢰 26개가 시작되었습니다.
바탈리의 검투장, 영웅의 계단, 대학자의 서재, 풍요의 제단, 위기를 알리는 종, 비밀의 지하 창고, 대신전 등이 지어집니다.

도시 257개의 재건이 착수됩니다.

도로, 하수도, 성벽, 다리의 중단된 작업들이 즉시 재개됩니다.

오래된 빈집을 허물고, 인적이 끊긴 뒷골목을 정비하여 치안을 높입니다.

주민들의 거주 만족도를 상승시킵니다.

상업 거리를 조성하여 교역과 생산을 촉진합니다.

3개의 요새가 건설됩니다.

바덴, 니암, 마바크에 지어지는 요새들은 몬스터의 침략을 막는 견고한 보루가 되어 줄 것입니다.

필요한 부분마다 꼼꼼하게 예산을 책정하면서 과감하게 지출했다.

93억 2,000만 골드.

영주들을 모집하며 받은 천문학적인 금액이 모조리 아르펜 제국의 영토에 투자되었다.

고통받는 위드

서윤은 대륙 전역에 걸쳐서 몬스터를 막는 방어 시설을 건설하고, 쇠락한 도시들의 재개발에 착수했다.

모든 통치행위에 대한 권한을 가진 최종 책임자는 위드.

그녀는 어디까지나 위드의 대리인으로서 투자를 하는 것이었다.

아르펜 제국의 주민들, 북부와 중앙 대륙에 사는 이들이 떠들기 시작했다.

"거룩한 위드 황제께서 우리를 위해 황금 주머니를 풀었다는 이야기를 들어 보았는가? 그분에게는 아무리 써도 마르지 않는 재산이 있어서 우리를 위해서 쓴다는군!"

"역시… 황제 폐하는 대륙에서 가장 명예로운 분이지. 사악한 힘을 다룬다는 헛소문도 잠깐 있었지만… 그런 소리는 믿지 않아."

"우리 아르펜 제국이 발전하는 이유를 알 수 있을 것 같 군. 기술을 중시하는 국가는 크게 성장할 수밖에 없지."

"건축을 한다고? 자네는 어서 빨리 움직여야 할 걸세. 이 대륙은 전부 공사판이거든!"

"자네는 행복한 줄 알게. 아르펜 제국에서 살아가고 있으 니 말이야."

"하수도 정비! 지금까지 그렇게 요청해도 안 되던 일이었 는데! 지난번에는 큰비가 내려서 흙탕물이 넘쳤지. 이번에 위드 황제 폐하께서 해 주시는군. 이런 변경 작은 마을의 부 탁까지 들어주실 줄은 몰랐는데……."

"저 숲속의 오두막에 사는 한스의 아이를 알고 있는가? 눈 이 아파서 치료를 해야 했는데… 자비로운 황제 폐하께서 치 료비를 보내 주셨어. 기가 막힌 일이지. 라이튼의 주민들은 모두 황제 폐하께 복종할 것이네. 요새 건설에도 적극 참여 할 생각이야."

중앙 대륙의 주민들은 태도를 바꿔서 일제히 아르펜 제국 을 찬양했다.

보통 약간의 돈을 내정에 베푼다고 해서 주민들이 행복해 하지는 않는다.

지금까지의 모든 불안과 초조, 두려움을 날려 버릴 만큼 압도적으로 퍼부어지는 돈!

치안이 가장 떨어지는 뒷골목의 불량배들도 말했다.

"아르펜 제국이 최고지."

"암, 우린 위드 황제 폐하를 위해 살아가야 할 것이네."

"절대복종은 명예로운 일이야."

"우리 아버지는 믿지 못하지만, 위드 황제 폐하는 믿을 수 있지."

북부 대륙, 중앙 대륙의 유저들은 주민들이 떠드는 말에 깜짝 놀랐다.

"뭐야, 도대체 돈을 얼마나 투자한 거야?"

"위드 님이 난이도 S급 의뢰를 성공시켰을 때보다도 더 난리가 난 것 같은데."

"다른 지역의 친구들에게 소식을 들으니 웬만한 도시와 마을에는 다 투자가 이루어진 것 같아. 실제로 우리 고향에도 바뀐 것들이 있다고 하고."

"위대한 건축물도 지어진다니 대박이네. 위대한 건축물, 이거 모라타에 건설되고 나서 사람들이 엄청 열광했는데."

"여기만이 아니래. 내 친구들이 그러는데 대륙의 주요 도시마다 위대한 건축물이 지어지기 시작한다는데."

"주요 도시마다?"

"응. 아르펜 제국의 영역에 전부 투자가 시작되었어."

북부 대륙 유저들은 열광했다.

실제로 이번 대규모 투자는 많은 유저들에게 충격을 주었다.

가르나프 평원의 전투가 끝나고 며칠 지나지도 않은 시점.

아르펜 제국의 영토가 중앙 대륙으로 확대되고 케이베른까지 설치는 와중에, 이런 대대적인 투자라니!

"솔직히 말해서… 이제는 위드 님도 한몫 챙기더라도 크게 뭐라고 할 수는 없을 단계인데."

"영주 모집도 아르펜 제국을 바로 세우기 위한 큰 그림이었던 건가. 별생각도 없이 헤르메스 길드가 미워서 싸웠는데. 이런 일이 벌어질 줄은 몰랐어."

"괜히 북부에서 위드 님을 찬양하는 게 아니구나. 돈으로 영주 뽑는 거 보고도 두둔하는 풀죽신교 보고 비웃었는데, 멍청한 건 나였어."

"이 정도면 영주들 뽑으며 받은 돈 다 쓴 거 아닌가?"

"설마… 좀 남겨 놨겠지."

"맞는 것 같아. 안 바뀐 곳이 거의 없어. 거의 빚까지 내서 투자했어야 할 정도인데?"

중앙 대륙의 유저들은 감동에 푹 빠져들었다.

이제 하벤 제국이 아니라 아르펜 제국 소속이 되어 공식적인 세율도 10배 가까이 낮아지게 되었다.

"모든 게 완벽해."

"아르펜 제국이 중앙 대륙 정복하니 진짜 살기 좋아진다."

"그냥 하늘과 땅 차이잖아, 이 정도면."

악룡 케이베른의 위협이 걱정되긴 했지만, 그럼에도 아르펜 제국의 대대적인 투자는 모든 근심을 잊게 만들었다.

아르펜 제국이 황금시대를 열며 도약하고 있습니다.

황제 위드의 투자가 제국의 생산 확대를 이끌어 냈습니다.
음습한 하수구에서부터 높은 요새의 첨탑까지, 건축이 모든 부분에 걸쳐서 역사적인 새로운 기회를 얻었습니다. 새로운 건축양식과 건축 공법을 개발할 수 있게 되었습니다.

제국 내 모든 주민들의 충성도가 79 증가합니다.
국가 명성이 32 오릅니다.
물품 생산에 10%의 보너스가 붙습니다.
건축 기술이 발전됩니다. 더 높고, 더 큰 건물을 지을 수 있게 됩니다.
문화가 빠르게 확장됩니다.
다른 국가와의 외교 관계가 개선됩니다.
때때로 다른 왕국에서 조공을 바칠 수 있습니다.
귀족과 기사의 명성이 늘어나고, 기품이 영구적으로 2씩 증가합니다.
통치 건물의 효과가 50% 추가됩니다.
장인들이 만드는 물품의 생산량이 늘어나고, 추가로 지역 명성에 기여합니다.
불안한 치안으로 인한 도둑 떼의 출몰 가능성이 줄어듭니다.
우호적인 신들의 축복이 부여됩니다.
프레야, 루, 바탈리, 미네가 아르펜 제국에 신의 축복을 내립니다.

아르펜 제국의 역사적인 황금시대!

언데드들을 이끌고 사냥터를 돌아다니는 위드에게 메시지 창이 계속 떴다.

―아르펜 제국의 존경받는 황제인 당신의 이름이 대륙에 널리 퍼지고 있습니다.
명성이 132,500만큼 늘어납니다.
카리스마, 기품, 매력이 영구적으로 18씩 증가합니다.
평판이 '소유한 모든 것을 베푸는 자비로운 황제'가 되었습니다.
기사들의 충성도가 빠르게 오릅니다.

―자인 마을의 주민들이 황제의 안녕을 기원합니다.
명성이 861 증가합니다.
명예가 2 늘어났습니다.

―자유 기사 타르타로스가 충성을 다짐했습니다.
그는 가문에서 내려오는 검술을 기꺼이 알려 주길 원합니다.

―푸겔 마을이 황제의 건강을…….

―제노타 무역도시에서 황제를 위한 연회를…….

―말탄 마을이 황제 축하 파티를…….

"이게 뭐야."

사냥터에 있는데도 메시지 창이 끊이지 않고 계속 울린다.

"무슨 오류 같은 건가?"

전투와 관련되는 스텟은 아니지만 명예, 기품, 카리스마, 매력 같은 수치가 수시로 오르고 있었다.

심지어는 예술 스텟까지!

위드는 뒤통수를 얻어맞은 기분이었다.

"이런 게 황제구나."

제국의 황제가 이렇게 꿀을 빠는 직위였다니.

가만히 있어도 명성이 올라가고 악명은 낮아진다. 저절로 스텟이 오르기도 한다.

"권력이 좋긴 좋아. 바드레이는 이 좋은 걸 지금까지 혼자서 누렸던 건가."

유저들이 성장함에 따라 많은 정보들이 알려졌지만, 정말 좋은 건 일부러도 알리지 않는다.

직접 황제나 왕이 되어 보지 않고서는 알 수 없는 긍정적인 요소였다.

"바드레이는 스텟이 얼마나 올랐을까."

지금 이 순간 위드가 느끼는 짙은 부러움과 달리, 실상 바드레이는 별다른 혜택을 누리지 못했다.

중앙 대륙을 다스리면서도 평판이 워낙 낮아서, 명성이나 스텟이 잘 오르지 않았다.

오히려 헤르메스 길드원들이 사고를 치면 악명이 쌓였고, 흑기사 직업의 효과로 주민들과 기사들은 더 많은 불평불만을 터트렸다.

바드레이 개인만을 놓고 보면 손해를 본 측면도 있었다.

"근데… 몇 골드나 투자한 거지?"

위드는 서윤에게 내정을 맡겨 놓고 지금까지 일부러 묻지 않았다. 쪼잔한 티를 내고 싶지 않아서였다.

"물어봐야 할까, 아니면 그냥 참아야 할까. 흠… 궁금하긴 한데."

던전을 공략하는 언데드들을 지휘하는 와중에도 궁금증이 머릿속을 떠나지 않았다.

"반 호크, 놀지 말고 달려라! 토리도, 박쥐로 변했을 때 날 갯짓 속도가 느려진 것 같은데. 세빌과 게르니카, 너희는 조금 더 과감해질 필요가 있어!"

잔소리를 아무리 쏟아 내도 궁금증이 사라지질 않았다.

사실 위드는 정말 알고 싶은 게 있으면 밤에 잠도 제대로 못 자는 성격이었다.

특히 거액의 돈이 걸린 문제라면!

결국 위드는 서윤에게 귓속말을 보냈다.

-내정 다 했어?

-네, 기본적으로는요.

-잘했어. 고생했네. 반응이 좋은 것 같아.

-다행이에요.

-근데 얼마나 투자한 거야?

위드는 내심 5~6억 골드 정도로 추측했다. 그마저도 과거에는 차마 말로 꺼낼 수도 없을 만큼 어마어마한 금액이었다.

'내가 통이 좀 커지긴 했지.'

아르펜 왕국 시절 북부에서는 들어오는 수입을 전부 재투자해 위대한 건축물을 비롯해서 많은 걸 지었다.

그러나 사실 주거 공간은 판자촌으로 때우고, 성벽이나 요새도 짓지 않았다.

도시 건설에 있어서 원가는 십분의 일 이하로 줄였고, 꼭 필요한 부분만 확장했다.

'돈은 쓰면 나가는 거야. 안 써야 남는 거지.'

지금까지 열심히 투자를 해 왔으니 슬슬 수금을 생각할 때였다.

-전부요.

-저, 전부?

-네. 다 썼어요.

뒤통수를 후려치는 전율에, 위드는 몸을 떨었다.

'내 호주머니에 있던 그 막대한 돈이 세상에 다 뿌려진 거야?'

좋은 일을 했을 때의 뿌듯한 보람보다는, 상실감과 허탈감이 훨씬 컸다.

하지만 잠시 마음을 가라앉히고 상식적으로 생각해 본 결과, 자신이 착각한 것이 분명했다.

-아… 푸홀 워터파크 별장 수익금을 다 썼다는 말이구나. 자세히 말하지 않아서 잘못 알아들었잖아.

-그건 지난번에 다 썼고, 이번에 거둔 영주 책임비도 다 썼어요.

-지, 진짜?

-발전에 투자하기 위해서 책임비를 모금한 것이잖아요.

-…….

물론 그런 말을 하긴 했다.

'좋은 게 좋은 거라고… 돈을 뜯어내기 위한 명분으로 한 말인데. 원래 이런 거짓말은, 장사하면서 다 하는 정도잖아.'

블랙 드래곤 케이베른이 나타났을 때에도 이처럼 경악스럽고 두렵진 않았다. 불사의 군단을 막아야 했을 때도, 지골라스에서 화산이 뻥뻥 터질 때에도 이렇게 놀라지는 않았다.

하지만 지금만큼은 충격에 몸을 가눌 수 없을 정도였다.

-그 많은 돈을 다…….

-다행히 꼭 필요하고 중요한 투자는 마친 것 같아요. 사람들도 좋아하고요.

위드는 심한 몸살감기를 앓는 것처럼 기운이 빠졌다. 팔다리가 떨리고 손가락은 제대로 움직이지도 않았다.

-그래, 그렇겠지… 당연히 사람들이 좋아했을 거야. 그냥 기뻐서 날뛰었겠지.

30시간의 밤샘 사냥 후에도 이토록 정신이 멍해진 적은 없는데…….

−요새도 건설했어요. 몬스터들이 대군을 이루어서 몰려와도 큰 피해가 생기기 전에 막을 수 있을 거예요.

−그래… 당연히 요새도 지었겠지. 그 많은 돈을 썼는데, 암.

−중앙 대륙 도시들의 숙원 사업도 해결했어요. 다 할 수는 없었지만 비용 대비 효과가 큰 것들은 거의 했으니까 1달만 지나도 3배는 효과를 볼 수 있을 거예요.

−그렇겠지. 아마…….

위드는 지독한 상실감에 휩싸였다.

바드레이와의 대결에서 졌다 해도 이렇게 허탈하진 않았으리라.

난이도 S급 퀘스트를 연속으로 실패해도 이 정도는 아닐 것이다.

돈, 돈, 돈.

모든 욕망의 근원인 돈이, 제대로 구경도 해 보지 못했는데 떠나 버렸다.

상업적으로 발달한 도시들은 막대한 생산력을 자랑한다.

북부 지역은 전체적으로 보면 농업이나 목축업 위주의 생산성을 갖춘 반면, 뛰어난 장인들은 대부분 중앙 대륙에 많았다.

지금 투자한 돈으로 아르펜 제국이 눈부신 발전을 거두면 그 수익은 결국 위드에게로 다시 돌아올 것이다.

이성적으로는 좋은 투자라고 이해할 수도 있지만, 당장은 아까운 감정이 모든 것을 지배하는 상태였다.

-그래, 알았어. 바쁘니까 나중에 다시 이야기하자.

-네. 내정을 조금만 더 돌볼게요.

-다 썼다면서 남은 돈이 있어?

-모라타에서 방금 누가 기부금 84,000골드를 냈어요.

꿀꺽.

큰돈은 떠났지만, 그래도 작은 돈이라도 들어왔다.

90억 골드에 비하면 푼돈이지만, 마음 한구석에 미약한 온기라도 일으켜 주는 돈!

-이 돈도 지역 발전을 위해서 투자할게요.

-그 피 같은 돈까지…….

-왠지 싫어하는 거 같은데, 제가 잘못했어요?

-아니야. 너무 고마워… 진심이야. 정말 정말 고마워. 사냥이 바빠서… 나중에 연락할게.

-언제든 연락 주세요.

위드는 서윤과의 귓속말을 마치고 나서 부하들을 집합시켰다.

"…….”

기나긴 침묵.

누렁이는 그동안의 삶의 경험으로 깨달았다.

그의 성질 더러운 주인이 잔소리를 시작할 시간임을!

가르나프 평원의 전투를 마친 북부 유저들은 무리를 이뤄 모라타로 돌아오고 있었다.

"여긴 여러 종류의 동물 발자국이 보이는데."

"위험할까요?"

"잘 모르겠습니다. 방송을 보면 몬스터들이 크게 늘어났다고 하니까요."

북부 유저들은 최소 100명 이상의 무리로 이동했다.

악룡 케이베른이 활동하면서 몬스터들이 늘어났다는 소식을 들어서, 고레벨 유저들도 사이사이 섞여 있었다.

"여러분은 저만 믿으세요, 하핫! 제가 흑사자 길드의 헤겔입니다."

헤겔이 땅에 남아 있는 흔적을 보더니 자신만만한 미소를 지었다.

"고작해야 늑대 발자국이네요. 이 부근에 출몰하는 늑대의 레벨은 200 정도죠. 털이 새하얀 녀석들은 300대도 있지만, 모두 물리칠 수 있습니다."

"오, 정말요?"

"그럼요. 늑대 정도야 뭐… 몇 마리가 덤벼도 다 쓸어버리면 됩니다. 놈들이 나오면 사냥해서 가죽을 나눠 드리죠."

헤겔의 자신감에는 이유가 있었다.

레벨 100~200대의 긴 시간 동안, 지긋지긋하게 늑대 사냥만 해 왔다. 숲과 평원이 넓은 툴렌 지역의 특성 때문이었다.

어쨌든 그 덕에, 늑대의 특성과 상대법에 대해서는 누구보다 잘 안다고 자부했다.

'예전의 나도 아니고, 대충 치면 죽어 버리겠지. 뭐.'

레벨이 한참 더 높은 도둑 나이드도 함께 가고 있으니 어려울 건 없으리라.

"근데 헤겔아, 여기 늑대 발자국이 장난 아니게 많아. 그리고 이상하게 깊이가 두꺼운데."

나이드가 발자국을 주의 깊게 조사하더니 말했다. 도둑인 그는 모험가들처럼 흔적을 잘 살피는 건 아니지만 그래도 눈썰미가 남다른 편이었다.

"그래 봐야 늑대잖아."

"하지만……."

"됐어. 여기 우리만 있는 것도 아니고."

"하긴, 그렇기는 해."

헤겔과 나이드는 뒤를 돌아보았다.

그들의 무리가 좀 앞서서 온 것이었고, 저 뒤에도 여러 무리의 유저들이 따라오고 있었다.

모라타와 가까워지면서 북부 유저들이 모여들고 있었다.

"중앙 대륙 유저들도 많이 보이네."

"그들도 모라타가 궁금할 테니까."

"크… 위드 형님은 진짜 대박이다."

헤겔은 위드와의 인연을 자랑할 때마다 유저들, 특히 여성들의 눈이 반짝이는 걸 볼 수 있었다.

어제저녁에 들판에서 야영을 할 때도 그들 주변에는 유저들이 모여들었다.

"페일 님이나 다른 동료분들은 대부분 영주가 되었는데, 헤겔 님도 아르펜 제국의 영주 지원 안 하세요?"

"큼, 영주 자리에는 크게 욕심이 없습니다."

사실이 아니었다.

헤겔도 간절하게 영주가 되고 싶었지만, 시켜 주는 사람이 없었다.

"위드 님은 자주 만나세요?"

"그럼요. 맨날 봤죠. 밥도 같이 먹던 사이라는 건 제가 말했었나요?"

인기 폭발!

덩치가 산만 한 바바리안 워리어가 웃으면서 다가왔다.

"으허허허, 이거 그럭저럭 쓸 만한 단검인데 하나 가지시겠습니까?"

"공허의 단검? 고급이잖아요."

"위드 님의 동료시라고 하니 기념으로라도 드리고 싶습니다."

무리에는 그들보다 유명하거나 레벨이 높은 이들도 있었

지만, 모두 헤겔을 존중해 주었다.

'얼마 전까지의 내가 아니야.'

헤겔도 가르나프 평원 전투에서 마지막 순간까지 멋지게 싸웠다는 자부심이 있었다.

장검을 뽑아 들고 3군단에 덤비면서, 내심 아무것도 못 하고 죽을 줄만 알았다.

근데 평소에 없던 운이 그날 다 몰려온 것만 같았다.

다른 유저들과 싸우고 있던 헤르메스 길드원 하나를 해치우고, 제국 기사도 셋이나 베었다.

엄청난 공적이라고 할 수 있었고, 전리품으로 헤르메스 길드에서 거의 독점적으로 보유하던 기사 갑옷도 얻어서 착용했다.

하벤 제국의 엘리트 기사 갑옷은 착용하고 있으면 대단한 영웅이 된 기분이 들었다.

"늑대다! 모두 조심하세요!"

황야의 혼을 잃은 늑대들.

유저들을 향해 늑대들이 달려오고 있었다.

아우우우우!

"초보자들에게는 부담스러울 수 있으니 우리가 나서서 막읍시다."

"좋습니다. 심심하던 차에 잘되었네요."

북부 유저들 중에서 레벨이 250을 넘어서 늑대를 사냥할 자신이 있는 이들이 달려 나왔다.

헤겔과 나이드도 무장을 하고 나섰다.

"늑대 사냥은 진짜 재밌지."

"어. 방심할 사이도 없고."

"나이드, 적진으로 뛰어들자."

"그럴까?"

상대적으로 수준이 뛰어난 중앙 대륙 유저들은 그저 작은 여흥거리로만 여기고 좋아했다.

그러나 바로 그다음 순간, 상황이 바뀌고 말았다.

들판 너머로 늑대들의 무리가 계속 몰려들고 있었다.

"저게 다 뭐야?"

"대형 몬스터도 있다."

참파오.

크기가 4미터가 넘는 거인형의 몬스터로, 채찍을 휘두르며 늑대들을 몰아오고 있었다.

"저건 던전에만 있는 놈이잖아."

"늑대 간수. 특성으로는 물리 방어력이 뛰어나고, 화살을 쏠 줄 알며… 늑대들을 강화시켜."

"저렇게 많은 늑대들을?"

"젠장. 들판이라 도망칠 수도 없잖아. 이거 잘못하면 몰살이다."

유저들의 안색이 하얗게 질려 갔다. 뒤쪽 무리에서도 실력자들이 서둘러 달려왔다.

"우리가 막읍시다. 초보자들은 뒤로 빠져서 도망치게 하고요."

"지원군이 계속 올 겁니다. 서두르면 많은 유저들을 살릴 수 있을 겁니다."

레벨 300이 넘는 이들만 남고, 나머지는 모두 도망을 치기로 했다.

그들이 단단히 결의를 다지고 있을 때.

"꾸와아아아아악!"

하늘에서 괴성이 터지더니 구름을 뚫고 무언가가 무시무시한 속도로 내려왔다.

"몬스… 아니, 와이번이다!"

"저건 와삼이예요!"

눈이 밝은 궁수 유저가 소리쳤다.

동시에 모든 유저들이 하늘을 올려다보니, 정말 북부의 마스코트인 와삼이가 쇄도하고 있었다.

"사람도 타고 있어요."

"사람이라면 설마……."

"그분이 맞는 것 같아요."

위드의 행적은 방송국에 의해 실시간으로 추적되고 있었다.

와삼이를 타고 다니며 북부의 몬스터를 때려잡고 있다고

뉴스에도 나왔는데, 이곳에 나타날 줄이야.

"위드 님! 여기예요, 여기!"

"꺄아아앗, 팬입니다!"

"풀죽, 풀죽!"

"아르펜 제국 만세!"

유저들은 몬스터에 대한 긴장감 따위는 잊어버리고 두 손을 흔들며 열광했다.

"위드 형, 헤겔 여기 있어요!"

"나이드도 있습니다!"

헤겔과 나이드가 알은척을 해 보기도 했지만, 워낙 많은 유저들의 환호 속에 파묻혀 들리지도 않았다.

위드가 와삼이의 등에서 쏜 화살이 빛살처럼 날아서 늑대들에게 적중.

늑대들은 화염 또는 얼음 덩어리가 되어서 목숨을 잃었다.

"우와아앗!"

"저 먼 거리에서……."

"역시 공격력이 엄청나."

군중이 놀라고 있을 틈도 없었다.

퍼퍼퍼펑!

늑대들의 사체가 파도 타듯이 터져 나가더니 주변에 연쇄 폭발을 일으켰다.

"원한은 사라지지 않고 이곳에 주어진 생명과 땅을 파괴한다. 시체 연쇄 폭발!"

시체 폭발의 파괴력이 주변으로 전이되며 일대를 터트렸다.

그 직후 일어나는 스켈레톤들!

데스 오라의 효과로 보랏빛 오라에 휩싸여 있었다.

죽은 자의 힘이 쌓이면서 기초적인 단계의 데스 오라를 쓸 수 있게 된 것이다.

"지배자께서 명령하셨다. 전부 죽여라."

"뼈마디가 해체되도록 싸워라, 이 느려 터진 놈들아!"

스켈레톤들이 검과 방패를 들고 질주하며 늑대들을 해치우는 광경은 위압감이 넘쳤다.

늑대들과 비슷한 속도로 달릴 뿐만 아니라, 반 호크의 지휘 아래에 체계적인 방진도 구성했다.

평야에 나타난 수만 마리의 늑대들을 말 그대로 학살하는 위드!

"대박이다."

"네크로맨서의 전투력이 이 정도라고?"

"위드 님이 로열 로드 최강이잖아. 그러니 이렇게 잘 싸우는 거지."

"무시무시하기까지 하네."

유저들은 한군데 모여 서서, 싸울 생각도 하지 못하고 멍하니 구경만 하고 있었다.

뭘 어떻게 해 볼 겨를도 없이 언데드들끼리 알아서 잘 싸우고 있었으며, 잠시 후에는 바라그 부대까지 나타나서 지상을 통구이로 만들어 버렸다.

그야말로 전율적인 전투 능력!

유저들은 손을 흔들며 환호했다.

"위드 님, 정말 최고예요!"

"전쟁의 신 위드!"

"대륙을 위해 투자해 주신 것도 고맙습니다!"

"엄청난 돈을 뿌려 주셨는데, 잠시나마 오해했던 것도 미안해요! 위드 님은 정말 훌륭한 분이세요!"

"가진 돈을 다 털어서 투자해 주는 위드 님은 멋진 분!"

빠직!

위드는 분노에 차서 주문을 외웠다.

"너희 모두가 제물이 될 것이다. 내 육체를 바쳐서 깊은 어둠을 이 땅에 부르니… 존재하는 모든 것들은 사라지거라."

대소멸.

생명력과 마나를 불태워서 단 한순간 최고의 위력을 발휘하는 마법이었다.

언데드로도 충분히 늑대들을 소탕할 수 있었지만, 그냥 화풀이로 공격을 쏟아붓는 것이다.

-생명력이 10 남았습니다.

-마나가 10 남았습니다.

-무리한 마법 운용이 육체의 한계를 넘어섰습니다.
높은 맷집과 인내력을 보유하고 있습니다.
영구적으로 생명력과 마나의 최대치가 20 증가합니다.
마나 회복 속도가 이틀 동안 32% 감소합니다.

12만의 생명력과 8만의 마나를 몽땅 소모하며 시전한 스킬은, 수천 마리의 늑대들을 죽음으로 몰아넣었다.

-생명력이 3 흡수되었습니다.

-마나가 2 흡수되었습니다.

-생명력이 5 흡수되었습니다.

-마나가 1 흡수되었습니다.

…….

데스 오라의 효능.

전투를 펼치고 있는 스켈레톤들에 의해 생명력과 마나가 지속적으로 공급되었다.

사실 평소 위드의 전투 방식은 이런 게 아니었다.

사냥 속도를 빠르게 하는 것은 좋아하지만, 비효율적으로 생명력과 마나를 소모하진 않는다.

그저 화풀이!

대지에 모여든 늑대들을 대상으로 성질을 내는 것에 불과했다.

"끝내준다. 진짜 최강이야."

"와… 네크로맨서의 정점."

"위드 님은 손만 대면 뭐든 새로운 걸 보여 주는구나."

"저렇게 강하고 여유가 있으니 아르펜 제국에도 엄청난 돈을 투자할 수 있는 거야."

"부자는 다르지. 사람들을 위해 돈을 써도 통 크게 하는 거잖아."

"한 푼 두 푼 모아서 한 방에 털어 넣는 거지."

빠직!

위드의 작게 남아 있던 이성이, 양념반프라이드반도 못 알아볼 정도가 되었다.

"너희 모두가 제물이 될 것이다. 내 육체를 바쳐서 깊은 어둠을 이 땅에 부르니… 존재하는 모든 것들은 사라지거라."

이번에는 유저들을 향한 대소멸 주문!

-마법 주문을 발동시키기 위한 생명력과 마나가 현저히 부족합니다.

다행히 마나 부족으로, 대참사가 벌어지지 않을 수 있었다.

대륙의 위기

"끄우와아아아앗!"

와이번 와일이가 괴성을 지르며 하늘을 날았다. 등에 타고 있던 페일은 거센 맞바람에 몸을 깊이 숙여야 했다.

"천천히 가자."

"안 된다. 주인은 더 빨리 날라고 했다. 느리게 날면 잔소리 듣는다."

오랜만에 사람을 태운 와일이는 신이 나서 비행했다.

"끄헉."

페일은 악룡 케이베른에 의해 목숨을 잃고 나서 로열 로드에 접속했다.

그 직후, 위드의 귓속말이 전달되었다.

─대륙이 위험에 빠졌습니다. 평화가 깨지면 우리 같은 레벨이 높은 이들보다는 초보들이 죽어 나갈 겁니다.

 그렇지 않아도 케이베른 때문에 내내 걱정하고 있던 차였다.

 페일은 비장한 목소리로 물었다.

 ─그래서 제가 뭘 해야 합니까?

 ─사냥이죠. 와일이를 맡기겠습니다. 1마리의 몬스터라도 더 죽이면 그게 초보 유저들을 지키는 것입니다. 아울러 북부의 마을들도요.

 ─북부에는 친한 사람들이 많습니다. 제 목숨이 다할 때까지 반드시 지킬 것입니다.

 그날부터 매일 이어지는 몬스터 사냥!

 로뮤나, 수르카, 파이톤, 양념게장.

 그들만이 아니라 유저들도 대규모로 동원되었다.

 검삼치 이하 수련생들은 별다른 생각 없이 로열 로드에 접속했다.

 "몬스터들이 많아져서 싸울 맛이 나겠는걸."

 "스킬 몇 개 연마하고… 쪼금 더 강해져서 검정 도마뱀이랑 한판 붙어야지."

 "도마뱀과 싸울 때 정말 심장이 쿵쾅거렸지 말입니다."

 그들에게도 닥쳐 온 악마의 손길.

 ─사형들, 죽순죽 부대와의 소개팅을 준비해 놓았습니다.

-오오오오오!

-막내야! 너밖에 없구나!

위드는 유린을 통해서 죽순죽 유저들의 그림을 보내 주었
다. 사실 진지한 마음보다는 반장난으로 소개팅에 응한 여성
유저들이었지만, 받아들이는 입장에서는 달랐다.

"이분이 내 평생 반려자다."

"우주에 1명 있었구나!"

"큭, 이 여자를 만나기 위해 그동안 피와 땀을 흘리면
서……."

그림 몇 장에 빠져 버린 사랑.

-근데 대륙이 위험에 빠져서 그녀들이 몬스터에게 죽을 수
도 있을 것 같습니다.

-아아아.

-아니, 어떻게 그런 슬픈 일이…….

-안 되지! 내 눈에 칼이 들어와도… 그런 일이 벌어져서는
안 돼.

-내 연애는 항상 그랬어. 뭔가 될 거 같아도 꼭 안되더라고!

-연약한 죽순죽 유저들을 지켜 줄 사람이 있으면 좋을 텐데
요…….

-죽여 버린다, 몬스터들!

-애들 전부 불러 모아. 당장 가자!

오우거보다도 흉흉한 기색을 내뿜는 검삼치 이하 수련생

들이 황소 군단에 속해 있던 중앙 대륙 유저들을 동원했다.

황소 군단의 유저들도 헤르메스 길드를 추격했던 짜릿함을 잊을 수 없었고, 또 어지간한 고레벨 유저라면 사냥을 마다하지 않았다.

"이럴 때 성장해야지, 언제 하겠어."

"물 들어올 때 노 젓자. 잘하면 방송도 탈 수 있을 것 같고."

가벼운 마음으로 시작한 그들이었지만, 점점 불어나는 몬스터로 인해 자연스럽게 혹사당해야 했다.

북부 유저들 또한 레벨이 100, 200만 되어도 활발하게 사냥을 했지만, 그럼에도 점점 몬스터들이 많아지는 걸 막지 못했다.

인적이 뜸한 지역이나 산과 숲, 산맥에 모이는 몬스터들.

그들을 토벌하지 못하는 한, 감당 못 할 정도의 규모가 되어 도시로 몰려들 것이 뻔했다.

"크으으, 아무도 내 도움을 알아차리지 못하다니. 정말 열심히 노력했는데 말이야."

페트는 가르나프 평원을 돌아다니면서 그림을 회수했다.

아직까지도 사방이 전투 흔적으로 가득한데도, 비정상적으로 멀쩡한 장소들이 있었다.

〈페트의 물빛 풍경화〉.

대지에 그려 놓은 그림은 그 장소를 조금씩 왜곡시켰다.

더 넓게, 또 방향을 조금씩 엇갈리게 만들어서 하벤 제국 군의 진군을 느리게 했다.

위드를 목표로 20개의 군단이 덤벼들 때도 그랬고, 케이베른이 오면서 본대가 퇴각하는 순간에도 마찬가지였다.

불과 3~5분의 짧은 시간을 버는 정도일 테지만 전쟁에서 결정적인 역할을 했을 수도 있다.

비록 알아보는 사람은 없었지만.

"좋은 일을 했으니 이제 됐어."

페트는 씁쓸하게 웃으며 그림을 회수했다.

가르나프 전투에서 어마어마한 규모의 전투를 구경했다.

이에 영감을 얻은 북부와 중앙 대륙의 조각사들은 대단한 프로젝트도 진행하고 있었다.

제목 : 조각사들 모이십시오! 힘을 합쳐서 사상 최대의 작업을 진행합니다.

가르나프 전투!

위대한 아르펜 제국과 쪼잔 졸렬한 하벤 왕국의 전투를 조각할 사람들을 모집합니다.

가르나프 평원에 만들 이 작품은 멋진 북부 유저들과 의리의 중앙 대륙 유저들, 헤르메스 길드원과 제국군을 10만 개 이상 조각할 예정입니다.

베르사 대륙의 역사에 남을, 세상이 바뀌는 순간을 조각품으로 만들어 두어야 하지 않겠습니까?

적어도 2,000명의 조각사들이 모이길 기다리고 있습니다.

많은 노력이 필요할 테니 조각에 관심이 있는 다른 직업 유저들도 연락을 주세요.

풀죽신교의 닭죽 부대와 마판 상단, 가몽 상단에서 후원하며, 기본적인 숙식은 제공됩니다.

조각사들의 거대한 꿈!

북부 조각사들과 로디움의 조각사들이 함께 거창한 프로젝트를 실현시키기 위해 준비했다.

"나 역시 작품을 만들어야지."

페트도 다음 그림을 준비하고 있었다.

"불타는 유성 소환이 이루어지고… 사람들이 모이고, 위드가 전투를 치르는 모습. 언데드나 바드레이와의 결투까지도."

실제 있었던 장면들을 바탕으로 하지만, 그 역동적인 모습을 그림으로 표현해야 한다.

그가 그리게 될 서른 장 정도의 그림들은 베르사 대륙의 역사로 남게 되리라고 생각했다.

"이 일을 마친 다음에는 위드 님에게 합류해야 되겠군. 케이베른을 물리치는 일에 화가도 무언가 할 수 있는 일이 있겠지."

🐉

은링, 벤, 엘릭스.

유명한 모험가인 그들은 가르나프에 오지 않았다.

유저들끼리의 전쟁에는 참여하지 않는다는 처음의 원칙 때문이었다.

"케이베른이 깨어났네요."

"진짜 악룡인데, 그 녀석은."

"그것 때문에 여기저기 난리가 날 것 같아."

로열 로드의 초창기부터 모험만 해 온 그들이기에 남들이 모르는 정보도 많이 가지고 있었다.

대륙을 마음대로 돌아다니면서 드래곤과 가까운 지역에 사는 주민들이 하는 이야기를 들었고, 던전에서 입수한 책자도 꽤 된다.

《드래곤의 서식지》.

《드래곤에 관한 알 수 없는 비밀들 #19》.

《드래곤 관찰기》.

다른 유저들보다 일찍, 독점적으로 얻은 정보들이었다.

"드래곤은 사냥이 불가능하지 않나요?"

"글쎄… 위드라면, 잘하면 물리칠 수도 있지 않을까?"

"안된다고 봐요. 힘으로는 힘들 거예요. 절대적인 능력을 가지고 있잖아요."

"꼭 힘으로만 이기라는 법은 없어. 영상을 보면 케이베른도 상당히 무모하게 싸우던데."

대지의그림자 파티 내에서도 의견이 분분하게 갈렸다.

그들도 언젠가 드래곤과 관련된 퀘스트에 도전을 하려는 생각을 갖고 있긴 했지만, 지금은 아니었다.

사실 그들의 레벨도 400대 후반 정도라 개개인이 강한 편은 아니었다.

함정 설치와 해체, 지도 읽기, 땅파기 등 모험 관련 스킬들만 마스터에 가깝게 올려놓느라 바빴다.

엘릭스가 옅은 한숨을 쉬었다.

"어쨌든 대륙이 엉망진창이 되겠군. 도시들이 무너지고, 유저들도 많이 죽겠지."

"우린 상관없지 않나? 던전이나 마굴을 돌아다니면서 퀘스트하는 데만도 바쁜데. 세상은 넓고 공략되지 않은 퀘스트는 아직도 많아. 배를 타고 먼바다로 나아가도 되고 말이지."

벤의 말에도 엘릭스의 수심이 깃든 얼굴은 펴지지 않았다.

"그래도 간혹 맥주를 마시면서 도시에서 느긋하게 쉬고 싶잖아. 사람들이 즐겁고 여유롭게 생활하는 걸 지켜봐도 좋고 말이야."

"음, 그거야 동감하지만."

대지의그림자 파티가 세력들 간의 전쟁에 끼어들지 않는 이유가 있었다.

그들은 모험 자체를 사랑하고 좋아했지만, 명문 길드들끼리의 세력 다툼에 고생을 많이 했다.

오랜만에 방문한 도시에서, 부서진 성벽과 건물 아래 주민들이 주저앉아 한숨을 쉬고 있는 광경을 보는 건 더 이상은 사양하고 싶었다.

벤이 잠자코 생각하다가 말했다.

"케이베른의 퀘스트를 우리가 해 보는 건 어때?"

"퀘스트를?"

"우리 예전에 케이베른과 관련된 정보를 입수한 적이 있잖아. 드래곤과 관련이 있는 것 같아서 묻어 두었지만."

"아, 맞아요. 있긴 있었어요."

은링과 엘릭스는 기억을 되새겼다.

《나쁜 드래곤의 비밀스러운 계획》.

오래된 얇은 책을 입수한 적이 있었다.

로열 로드의 초창기에는 드래곤에 대해서 잘 알지도 못했다.

훗날 나쁜 드래곤이 케이베른을 뜻할 가능성이 많다는 걸 알고 창고에 그대로 넣어 두었다.

엘릭스가 빙긋 웃었다.

"과연. 거기에 해답이 있을진 모르겠지만 뭐라도 해 보는 건 동의해."

"맞아요. 조금 위험하고 시기적으로 이르다는 생각이 들지만, 이미 케이베른이 깨어나 버렸으니까요. 근데 벤, 갑자기 왜 생각을 바꿨어요?"

"위드는 아마… 케이베른을 막으려고 하겠지?"

벤은 최고의 모험가들로 꼽히는 그들이 위드의 흔적만 쫓아다녔던 기억을 떠올렸다.

"그는 절대 포기하지 않을 것이라고 생각해. 어떤 퀘스트도 중간에 포기하지 않았고, 나중에라도 꼭 해결을 했어."

"엠비뉴 교단도 그렇게 물리쳤죠."

"불가능에 도전한다, 위드가 유명해지고 모험가로서 존중받는 이유지. 그러니 드래곤을 대상으로 위드와 경쟁을 해보는 것이 어때?"

불가능한 모험, 경쟁!

엘릭스와 은링의 가슴을 뜨겁게 만드는 단어들이었다.

로열 로드의 초창기에는 새로운 도시, 던전, 지형을 발굴하느라 매일 밤낮을 가리지 않고 돌아다녔다.

다른 모험가들이 먼저 길을 찾아내기 전에 동부와 북부도 돌아다녔다.

훗날 모라타가 성장하고 아르펜 왕국이 세워지기도 훨씬 전에, 그들은 이미 다녀갔던 것이다.

미개척지를 탐험하는 그 희열과 설렘.

벤이 씩 웃었다.

"지금까지는 따라다녔지만 드래곤을 상대로는 공평한 조건이야. 그는 인기와 세력을 가지고 있지만 우리에게는 경험과 정보가 있어. 만약 퀘스트에 성공한다면 대륙을 위해 좋은 일도 하는 셈이고 말이지."

"맞아요."

"완벽히 동의해."

대지의그림자 파티는 서로 마음이 잘 맞았다. 그렇지 않다면 어려운 모험과 퀘스트만 쫓아다니지도 못했으리라.

"이번에는 절대 위드보다 늦지 말자고."

"그럼 어서 출발하죠."

"출발!"

"크크크크. 으하아하악!"

위드는 괴성을 터트리며 언데드를 이끌었다.

아르펜 제국에 뿌려진 막대한 돈!

─마판입니다. 소므렌 자유도시에서 장미 축제가 벌어졌습니다. 무려 1년 2개월 만의 축제라고 합니다. 지역 주민들이 위드 황제를 찬양하고 있습니다.

"어서 싸워라, 이 쓸모없는 놈들아!"

위드는 언데드들을 이끌며 몬스터들로 가득 찬 안개의 숲을 돌파했다.

무조건 정면 돌격!

반 호크는 흑색 갑옷으로 무장한 데스 나이트들을 지휘했다.

"죽음의 지배자의 뜻을 따라라. 죽음으로 모든 것이 이루어지리라."

—저 레몬이에요. 유저들이 위드 님을 칭송하고 있어요! 중앙 대륙 유저들도 대대적으로 풀죽신교에 가입하고 있고요.

"크흐흑!"

위드는 슬프고, 괴로웠다.

'내 돈이… 비처럼 마구 흘러내렸구나.'

막대한 자금으로 내정을 해서 아르펜 제국의 초석이 다져지고 있었다.

서윤의 꼼꼼한 투자가 대륙 전역에 상상 이상의 효과를 불러일으켰다.

"황제 폐하에 대해 말해 보란 말인가? 감히 그분을 입에 올리는 것조차도 황송하군. 위대한 모험가이며 예술가, 그리고 우리를 다스려 주시는 황제 폐하이시지."

"아르펜 제국에 대해 어떻게 생각하느냐고요? 작년에는 지붕에 구멍이 뚫린 채로 살았죠. 비가 새는 건 물론이고, 겨울에는 눈이 방으로 내렸어요. 뒷골목에 있는 우리 집까지 보수를 해 주다니… 아르펜 제국은 정말 좋은 곳임이 분명해요."

"믿을 수 없지만 도둑들이 전부 사라졌어! 모두 배부르게 먹고 낮잠을 자고 있기 때문이야."

"아르펜 제국은 장인들을 위한 국가라는 소문이 있더군. 과연 믿을 수 있을까? 그래도 북쪽에서 오는 교역품은 값도 싸고 품질도 괜찮아."

"모라타의 농산물을 먹어 본 적이 있나? 요즘 최고의 인기라서 비싼 가격에도 물건이 모자라. 비옥한 땅에서 부지런한 농부들이 땀을 흘렸고 프레야 여신님의 축복이 내렸으니, 우리는 사 먹을 수밖에 없지."

주민들의 충성도와 치안이 확보되면서 수많은 부가적인 효과가 부여되었다.

북부 유저들이 중앙 대륙에 와도 쉽게 퀘스트를 받을 수 있었고, 교역의 활성화를 바탕으로 장인들이 물품 생산을 재개했다.

중앙 대륙이 계속 쇠락해 왔다고는 하지만, 그럼에도 아직까지는 번화한 도시들이 많았다.

한꺼번에 쏟아진 자금과 발전 계획은 정체되어 있던 도시들의 성장 잠재력을 일깨우는 것이었다.

대부분의 지역에 영주들이 새로 임명되면서 문제가 없는 것은 아니었다. 그렇지만 아르펜 제국법을 제정하여 영주들이 그에 따라야 했기 때문에 과거 헤르메스 길드 시대에 그러했듯 왕처럼 군림하지는 못했다.

사실 돈 많은 부자들을 영주로 임명하니 초기에는 장점도 많았다.

직접 자신의 도시에 가 본 영주들은 뭔가 부족함을 느꼈다.

"도시 중심가로 멋진 강이 흘렀으면 좋겠군."

곧바로 도시를 가로지르는 강을 만들기 시작!

"광물 가격이 비싸다고? 그럼 광산을 만들지 뭐. 투자 금액에 비해 회수가 늦다고? 몰라, 그냥 내. 광산이 어디로 도망이라도 가겠어?"

대규모 광산지대 개발.

"건물은 낙후되었고, 부서진 빈집이 많네. 이런 모습은 보기 싫은데… 에잇, 전부 재개발이다."

도시의 전면적인 보수 시작!

이 덕분에 경매 사이트의 골드 시세가 꾸준히 올랐다.

부자 영주들이 벌이는 사업 때문에 긍정적으로 평가하는 유저들도 있었다.

"역시 돈이 좋긴 좋구나."

"헤르메스 길드는 착취해 가기만 했는데… 그래도 뭐라도 만들려고 하는 건 낫네."

물론 상당수는 부자들의 과시에 찬 영주 생활을 질시에 차서 보긴 했다.

위드는 부자가 나쁘다고는 생각하지 않았다.

'돈을 버는 방식에서 자기 욕심만 챙기는 부자들이 있어서 그렇지, 착한 부자라면 존경을 받아야 마땅해.'

그렇기 때문에 부자 영주들을 착취할 계획을 수립하고 있었다.

아르펜 제국의 영주 착취 5개년 계획!

'명예와 긍지, 즐거움을 주면서 제대로 뽑아내는 거지.'

전체적인 큰 그림은 좋았지만, 그럼에도 불구하고 위드는 아르펜 제국의 투자로 나간 돈이 너무 아쉬워서 사냥을 통해 해소하고 있었다.

-칼루아 던전의 몬스터들을 퇴치했습니다.
전투 업적을 달성하셨습니다.
명성이 2,300 올랐습니다.
민첩과 지혜가 영구적으로 1씩 증가합니다.

"이번 던전은 딱 3시간 30분 걸렸군."

명예의 전당에서, 헤르메스 길드에서도 공략하는 데 4시간이 걸렸던 던전이다.

바드레이는 포함되지 않은 멤버였지만 최상급의 유저들 50명이 동원된 공략이었는데, 위드는 그들보다 더 **빨리** 공략을 완료한 것이다.

"일단 언데드는 쉬지를 않으니 거기서 시간을 단축하는 건 당연해. 그리고 공략 동영상을 보기도 했고."

몬스터 퇴치를 하는 틈틈이 기회가 되면 진행하는 던전 사냥은 여러모로 꽤 쏠쏠한 편이었다.

대륙에 떠도는 몬스터들이 급한 문제이긴 했지만, 언데드들은 적당한 숫자 이상으로 모여야 최고의 효율을 발휘하는 법!

–57분 후에 몬스터 퇴치할 곳이 있어요.

–응. 알았어.

서윤의 지휘에 따라 이동해 가며 검을 휘두르면서도, 위드는 골렘 소환, 다양한 저주, 강화, 독 계열의 스킬을 골고루 연마했다.

엘리트 스켈레톤 병사들을 기본으로 데스 나이트, 간혹 둠 나이트도 소환되었다.

눈덩이처럼 늘어난 언데드들이 던전을 숫자로 밀어붙이는 것이다.

어떤 상황이든 대충 맞춰 갈 수 있는 순발력과 판단력.

절대적인 카리스마로 언데드들을 지배하는 지휘 능력까지.

숨 쉴 틈조차 없이 사냥을 이어 가다 보면 잃어버린 돈에 대한 울분도 가끔은 잊어버릴 수 있었다.

–도시 잉고튼에 와 있습니다. 이 지역의 주민들이 위드 님을 찬양하고 있더군요.

–……?

–굶주리고 있던 3만 명의 주민들에게 식량을 넉넉하게 나눠 주고, 집까지 새로 지어 주시다니요.

"끄으아아아악!"

잠깐의 평화를 잔인하게 파괴하는, 마레이의 귓속말.

그리고 질세라 이어지는 쟌, 미레타스, 가몽의 귓속말!

-헐… 바르고 성채 주변 사냥터에 우물을 만드셨네요. 가끔 수통에 물이 부족할 때 성채까지 돌아가기 귀찮았는데. 고맙습니다.

"으흐흐흑!"

-모라타의 종자 보관실과 온실! 저야 스킬로 감당할 수 있지만 초보자들을 위한 배려가 대단하십니다.

"끄윽. 끅끅."

-중앙 대륙 상인들이 위드 님을 찬양하고 있어요. 도시마다 마차 보관소를 짓고 황소들을 배치한 건 정말 교역을 위한 최고의 선택이에요!

"으어어어엉!"

"이쪽인 것 같습니다."

"이런 길이 있는 줄은 몰랐는데요."

"모험 경로라고 하죠. 산과 숲을 가로지르는 지름길입니다. 한밤에 이동해도 안전하고, 중요한 건 빠르다는 겁니다."

유명한 모험가 체이스.

그는 양념게장과 파이톤을 데리고 이동하고 있었다.

풀죽신교의 명예 수색대로 선정된 그들은 브리튼 연합에서 위험한 몬스터들이 자주 눈에 띤다는 이야기를 들었다.

최근에 일상적으로 늘어난 고블린이나 사나운 늑대 같은 몬스터들이 아니었다.

기괴하게 생긴 대형, 중형 몬스터들이 돌아다니고, 적어도 수천 마리의 몬스터가 모이고 있다는 보고가 들어왔다.

풀죽신교의 레몬이 그들에게 부탁했다.

"몬스터의 정확한 규모와 전투력을 확인 부탁드려요. 몬스터들이 바르크 산맥을 지나고 있어서, 숲에 가려져 조인족 분들의 도움을 받기 어려울 것 같아요."

바르크 산맥을 지나면 바로 브리튼 지역이었다.

양념게장과 파이톤은 별일이야 없으리라 생각하면서도 그래도 불안한 시기라 기꺼이 확인을 해 보기로 했다.

'마실 삼아서 슬슬 다녀올까. 위드랑 사냥을 가는 거보단 낫지.'

'당장은 좀 쉬고 싶다. 세상 구경도 할 겸 말이야.'

북부에 유저들이 많이 늘었다고 해도, 중앙 대륙의 인구밀도는 압도적이었다.

그들마저도 가르나프 평원 인근에 몰려 있던 상태라서, 양념게장과 파이톤이 모험가 체이스와 함께 바르크 산맥으로 왔다.

파이톤은 울창한 숲을 보며 말했다.

"조용한 게, 아무것도 없는 것 같은데."

"쉿."

체이스가 입술 위에 손가락을 올렸다.

건장한 파이톤은 몸을 숙이고 낮은 목소리로 물었다.

"왜요? 뭐라도 있습니까?"

"그건 아니에요. 그런데 느낌이 좀 이상합니다."

"느낌?"

"모험가의 감각이란 스킬이 있는데, 위험한 곳에 있으면 등줄기가 서늘해져요. 근데 지금은……."

"어떤데요?"

"얼어붙은 것처럼 춥습니다."

파이톤은 조용히 입을 다물고 언제든 대검을 뽑을 수 있는 자세를 취했다.

체이스가 주위를 둘러보고 있는 사이에, 양념게장은 그림자 사이로 스며들었다.

"주변을 좀 살펴보겠습니다."

"위험할 겁니다."

"들키지 않도록 조심하겠습니다. 어디서든 몸을 뺄 자신은 있으니 걱정하지 마세요."

암살자인 양념게장은 발소리도 내지 않고 움직였다.

인근 수십 미터에는 적이나 특별한 몬스터들이 보이지 않았다. 다람쥐 같은 작은 동물들, 나뭇가지 위 작은 새 둥지 정도가 발견될 뿐이었다.

'별건 없는데… 하지만 더 살펴봐야 해.'

그리고 조금 더 먼 곳으로, 산맥 아래의 협곡이 내려다보였다.

양념게장은 처음에는 자신의 눈을 의심했다.

푸른 피부를 가진 파충류 인간들이 우글거리면서 서쪽으로 팔짝팔짝 뛰어가고 있었다.

'몬스터!'

가까이 다가가 볼 생각도 했지만, 몬스터들 사이사이에 용아병들이 서 있는 게 보였다.

'용아병. 그렇다면 케이베른의 직속부대?'

하늘에서는 기괴한 괴성도 들렸다.

"꾸에에엣!"

"쿠아아와악!"

사람과 새가 합쳐진 것 같은 이상한 생명체들이 날아다니고 있었다.

'매모스다.'

베르사 대륙의 역사서에 기록되어 있는 마물.

로열 로드가 열린 후 실제로 만나거나 상대해 본 유저는 없었다.

매모스는 악마와 인간이 합쳐진 형태의 몬스터다.

지능이 뛰어나며, 마법을 즐겨 쓴다.

살아 있는 생명체를 통째로 삼켜서 먹으며…….

역사서의 여러 곳에 기록되어 있기에 알고 있는 마물.

인간들의 왕국이 전쟁을 벌여서 매모스를 모두 깊은 어둠 속에 봉인했다고 했는데, 케이베른에 의해 풀려나게 된 것이다.

양념게장은 정찰을 마치고 조용히 동료들에게로 돌아왔다.

"케이베른과 관련이 있는 몬스터들이 이동하고 있습니다. 상당한 숫자입니다. 최소 만 단위가 넘고, 매모스 같은 강한 녀석들도 섞여 있습니다."

"역시 그렇군요."

체이스는 고개를 끄덕이더니 말을 이었다.

"이쪽에서도 그사이 소식이 들어왔습니다. 드워프의 왕국 토르에서 대단히 많은 몬스터들이 이동한다고 합니다."

"토르에서요?"

"예. 드워프들은 건드리지 않고 일제히 주변 도시들을 향해 달려가고 있다네요."

대륙 전체에서 몬스터들이 활발하게 활동하고 있었다.

추가로 산악 지형이 많은 토르, 그리고 중앙 대륙의 거대 산맥에서마다 위험한 몬스터들이 몰려나와 도시로 향했다.

세계를 구하는 용사

"크흠."

위드는 던전 한구석에서 고민에 빠져 있었다.

"반 호크, 어떻게 생각하냐."

"뭘 말인가?"

"됐어. 너 같은 해골에게 물어본 내가 잘못이지. 머리가 텅텅 빈 해골이잖아."

"……"

위드는 장인의 무지개천을 바느질하면서 생각을 정리하려고 했지만 잘되지 않았다.

"토리도, 넌 어떻게 생각해?"

"무엇을 말인가."

"됐어. 너 같은 뱀파이어의 판단을 믿을 수는 없지. 맨날 피 빨아 먹는 거 외에 무슨 생각이 있겠어."

"……."

반 호크와 토리도.

주인을 잘못 만나서 잔소리를 들으며 살아야 하는 비운의 언데드들이었다.

"하아, 어떻게 해야 한다?"

위드는 생각을 정리하기 위해 대장장이 재료로 갑옷도 만들어 보고, 재봉으로 옷도 제작했다. 그럼에도 머릿속에 들어 있는 고민거리들은 쉽게 해결되지 않았다.

"에바루크 성이라……."

그동안 늘어난 몬스터 덕에 신나게 사냥을 했지만, 이제 하루 뒤면 케이베른이 에바루크 성을 공격할 것이다.

"현실적으로 막을 방법이 없어."

잠깐이라도 상대해 본 케이베른은 현재로서는 견적이 나오지 않는 상태였다.

수많은 유저들이 주목하는 장소.

그곳에서 위드가 기다려 당당하게 케이베른과 전투를 치른다면, 완벽한 개죽음!

"헤르메스 길드가 도와주고, 베르사 대륙의 유저들이 전부 뭉친다면… 그래도 승산이 희박할 것 같은데. 퀘스트 확인."

진정한 용사

그대가 지금까지 이룩해 낸 업적은 수없이 많습니다.

불사의 군단을 물리쳤으며, 세상의 끝과 끝을 오가며 탐험했습니다. 베르사 대륙의 과거로 돌아가서 엠비뉴 교단을 물리쳤고, 신비로운 조각술의 정점에 이르렀습니다.

대륙에서 가장 유명하며, 위험한 의뢰들을 멋지게 성공시켰습니다.

도시의 술주정뱅이부터 산 위의 마을에 사는 어린아이까지. 조각사이며 모험가, 전사 위드의 이름을 모르는 사람이 없습니다. 음유시인들은 당신의 모험을 가사로 만들어서 노래로 부르고 있습니다.

이제 악룡 케이베른이 잔혹한 보복을 선언하며 대륙은 위기에 빠져들었습니다.

당신이 나서야 할 때입니다.

대륙을 구하기 위해 악룡을 퇴치하십시오.

먼저 필요한 정보를 모아야 합니다. 용감하게 검을 뽑기 전에, 악룡 케이베른에 대해 자세히 알아야 할 것입니다.

난이도 : S
보상 : 용사의 선택으로 이어지게 됨.
퀘스트 제한 : 대륙을 구하는 영웅.
　　　　　　　가장 높은 모험 명성.

"그나마 희망은 이 퀘스트인데."

모험가로서 그리고 전사로서, 케이베른이 활동하면서 받게 된 퀘스트였다.

아르펜 제국의 황제로서도 케이베른을 막아야 했지만, 벌써부터 어려울 것 같은 느낌이 팍팍 들었다.

"퀘스트를 진행한다고 해도 결국 마지막에는 케이베른과 싸워야 할 텐데……."

그동안 진행해 온 무리한 퀘스트를 꼽자면 한도 끝도 없을 위드이긴 하지만, 모두 한 가닥씩 희망은 있었다.

불사의 군단이나 엠비뉴 교단까지도 어찌어찌 간신히 막아 냈지만 고난은 끝나지 않았다.

"어쨌든 이렇게 된 이상 천생 에바루크 성으로 가서 보긴 해야 되겠군."

물론 그렇다고 혼자 위험을 무릅쓸 생각은 추호도 없었다.

"누렁아."

"음머어어어어어."

누렁이가 순박한 눈을 뒤룩 굴리며 쳐다봤다.

사냥터를 따라다니며 짐꾼 노릇을 하면서 꾸준히 성장했다. 그러자 힘이 비정상적으로 강해지며 덩치도 덩달아 커졌다.

"넌 여기 있어. 케이베른이 맛있게 먹어 버릴 것 같으니깐."

"고맙다, 음머어어어."

"기사 세빌, 너도 쉬어라."

"알겠습니다, 주인님."

누렁이를 비롯한 인간형의 조각 생명체들에게는 휴식을 줬다.

금인이나 악어 나일이같이 인간이 아닌 녀석들은 데려가기로 했다.

"반 호크, 토리도."

어디든 따라다니는 언데드 부하들.

"왜 부르나, 주인."

"여기 있다."

위드는 짐짓 근엄하게 목소리를 깔았다.

"너희는 당연히 당첨이다. 나랑 같이 가자."

칼라모르 에바루크 성.

"모두 짐을 챙겨서 나가세요! 시간이 없어요!"

성주 다인은 주민들과 유저들을 대피시키고 있었다.

아르펜 제국의 많은 영주들이 결정되었지만, 에바루크 성은 악룡 케이베른의 침략이 예정되어 있던 곳이었다.

어떤 유저도 에바루크 성의 성주가 되고 싶은 욕심을 갖지 않았고, 다인도 헤르메스 길드에서 탈퇴하여 항복함으로써 자리를 유지했다.

그녀는 악룡 케이베른 사태까지 일으킨 라페이의 모습에 헤르메스 길드를 미련 없이 벗어날 수 있었다.

"들고 갈 수 있는 건 뭐든 가지고 가세요. 주인이 없으면 가까이 있는 사람이 주인이에요."

"성안에 있는 물건도 가져가도 될까요?"

"네, 그럼요! 다 가져가셔도 돼요."

다인은 성주로서 맞서 싸우기보다는 대피를 선택했다.

정신없이 거리를 뛰어다니며 사람들을 챙기는 그녀에게 기사 유저들이 말을 타고 달려왔다.

"부족한 실력이지만 돕겠습니다. 칼라모르 출신으로서 외면할 수 없습니다."

"싸울 사람은 필요 없어요."

다인은 하벤 제국 체제에서도 선정을 베풀어서 유저들에게 인기가 높았다.

위드의 동료였다는 소문까지 퍼지면서, 그녀의 과거에 대해 욕하는 사람은 드물었다.

"케이베른을 상대로 싸우는 건 무리예요. 의미 없는 죽음보다는 삶을 택하세요."

"성과 도시가 파괴되는 걸 그대로 내버려 두자는 겁니까?"

에바루크 성은 발전을 거듭해서, 칼라모르 지역에서는 수도보다도 훨씬 번화했다.

직접 다스려 온 다인으로서는 건물 하나하나에도 애정이 붙었지만 미련하게 집착할 생각은 없었다.

"안되는 건 안되니까요. 이 도시가 파괴된다고 해서 이곳에서의 삶이 끝나는 건 아니에요. 대륙은 넓고, 다시 돌아와서 복구해도 되잖아요."

"하지만 케이베른에게 또 파괴되면 어떻게 합니까."

"그래도 살아가야죠. 저는 마지막까지도 포기하지 않는

법을 배웠어요. 삶은 보석처럼 빛나기에 무의미한 희생을 원하지 않는 거예요."

다인의 말과 행동은 방송으로 생중계가 되면서 유저들에게 깊은 인상을 남겼다.

에바루크 성의 성주로서 명성이 드높기는 했지만, 방송을 통해 전국적으로 그녀의 진면목이 알려지는 기회가 되었다.

"에바루크 성이 아렌 성에 비할 바는 아니지만, 그래도 저곳을 포기한다니 굉장한 용기네요."

"쉬운 결단이 아닌 것으로 보이는데, 아쉽지 않을까요?"

"무모한 시도를 하지 않네요. 현명한 거죠."

"그래도 성안에 있는 모든 걸 유저들에게 나눠 주는 것이 인상 깊습니다."

"원래 성주 다인은 유저들에게 대단히 인기가 많았습니다. 헤르메스 길드 소속이었을 때도요."

방송 진행자들도 멋지다며 칭찬할 정도였다.

"전부 피하세요. 어서요!"

다인이 직접 선두에서 피난을 독촉하며, 모든 병사들과 유저들, 주민들의 대피를 이끌었다.

전투 물자나 식량 등이 쌓여 있는 창고의 문을 활짝 열고, 일찌감치 여러 대형 상단들과 연락을 취했다.

"말과 수레를 빌려주세요. 짐을 많이 나를 수 있는 북부의 황소면 더 좋구요."

"돈은 누가 대는 것입니까?"

"돈은 없어요. 대신 영주성에 있거나 주인 없는 물품들을 가져가세요. 케이베른이 오기 전에 마음껏 챙겨 가세요."

상인들은 계산기를 두드려 보고는 충분히 남는 장사로 판단했다.

에바루크 성은 로열 로드의 초창기부터 번화했던 성이다.

수많은 예술품과 귀금속이 도시를 장식하고 있었으므로, 챙길 것들이 아주 많았다.

"좋습니다. 거래 성립입니다."

상인들에게 기회가 열렸다.

막 시작한 초보 상인이라도 수천 골드짜리 물품을 주워 갈 수 있는 기회.

인근 지역에서도 유저들이 대대적으로 몰려와서 배낭과 수레에 짐을 잔뜩 실었다.

며칠 사이에, 그림처럼 아름답던 에바루크 성은 뼈대만 남겨 놓고 철저히 파헤쳐졌다.

대리석이나 귀한 목재는 모조리 뜯어졌고, 강철로 된 이음새 같은 것도 전부 빼내 갈 수 있었다.

"이 건물들은 좀 아쉬운데……."

"케이베른에 의해 파괴되는 것보단 낫지. 통째로 가져가세."

도시의 경관을 아름답게 만들어 주던 석조 건물들도 해체

되어 비싼 건축 재료들이 수레에 옮겨졌다.

"빨리, 빨리요!"

다인과 자원봉사자로 참여한 유저들이 피난을 독려하고 있었다.

에바루크 성의 모든 성문이 활짝 열려, 유저들이 원활하게 떠날 수 있도록 도왔다.

"흠, 현명한 판단을 내렸군."

위드는 멀리 있는 산에서 에바루크 성을 바라보고 있었다.

금인이와 바하모르그, 하이 엘프 엘틴을 비롯한 조각 생명체들이 다섯이나 따라왔다.

"조금 더 가까이 가야 하는 거 아닌가? 끌끌끌."

"괜찮아. 이 정도가 딱 좋아."

"하지만 드래곤이 잘 보이지도 않을 것 같다."

"그걸 노린 거야. 기왕이면 우리를 못 봐야 하니까."

위드는 조각 변신술을 이용해서 다리가 짧은 드워프로 변신을 했다.

'케이베른의 증오는 인간들을 향하고 있지. 자기 레어 주변의 드워프들은 여전히 건드리지 않으니까, 이 정도면 안전할 거야.'

드워프 상태로 있으면, 웬만큼 거슬리지 않는 한 죽이진 않으리라.

조각 생명체들도 인간이 아닌 녀석들만 데려왔다.

누렁이는 언제든 탐나는 먹이라서, 종족을 떠나서 데려올 수 없었지만.

"가능한 케이베른에 대한 정보를 많이 알아내야 해."

위드의 혼잣말을 들은 바하모르그가 진중한 목소리로 말했다.

"역시… 대단한 용기군. 드래곤을 잡기 위해서인가?"

"아니. 적에 대해 알아야 잘 피해 다니지 않겠어?"

난이도 S급의 퀘스트가 있긴 했지만, 상대가 무려 드래곤이다. 그것만 믿고 있을 수는 없었다.

'퀘스트를 진행하더라도… 어느 정도 전력이어야 싸울 수 있을지를 판단해야 한다. 혼자서 싸우기는 무리이고 유저들을 대거 동원해야 하는데, 실패한다면 타격이 엄청날 거야.'

승산이 없는 싸움에 모든 걸 던질 수는 없다.

꼼수를 최대한 동원해서라도 최소한 부딪쳐 볼 여지가 있는지를 확인해야 했다.

'인간들을 증오하고 흑마법을 자유자재로 다룬다. 마법으로는 도저히 어찌해 볼 수 없다고 보지만, 과연 빈틈이 없을까?'

모든 것을 원점에서부터 볼 작정이었다.

케이베른의 전투를 더 지켜본다면 정확한 능력을 파악할

수 있으리라.

바느질을 하면서 기다린 끝에, 대낮이 되자 에바루크 성을 향해 날아오는 케이베른을 볼 수 있었다.

-인간들, 모두 흔적도 없이 사라져 버려라!

케이베른의 첫인사는 먼 곳에서 뿜어낸 브레스!

가공할 산성 브레스가 에바루크 성을 강타했다.

간신히 매달려 있던 성문이 거짓말처럼 녹아서 없어지고, 중앙 성은 굉음을 일으키면서 무너져 내렸다.

케이베른의 브레스는 시가지로도 스며들어 가서 건물을 오염시키며 화염을 일으켰다.

활활 타오르는 에바루크 성!

-모두 죽어라!

케이베른이 성과 도시를 상대로 화염 마법을 일으켰다.

한몫 단단히 챙기려다 아직 피난을 가지 못했던 유저들이 죽어 나갔다.

성주로서 에바루크 성과 운명을 함께하겠다면서 남은 다인도 목숨을 잃었다.

-크롸라라라라라!

케이베른은 하늘을 날아다니며 에바루크 성을 향해 계속 마법을 퍼부었다.

모든 것을 흔적도 제대로 알아보지 못할 정도로 파괴하기 위하여.

위드는 나무와 바위 틈새에 숨어서 그 광경을 구경했다.

"흠, 상당히 과격하군. 분노에 눈이 먼 모습이라……."

"분노가 약점인가, 골골?"

"안 좋은 소식이지. 약한 놈이 분노에 눈이 멀면 빈틈이 보이지만, 강한 놈은 더 강해지니까."

에바루크 성 근처에 있던 유저들도 하늘에서 내리는 화염의 비에 의해 목숨을 잃었다.

방송국들이 생중계를 하고 있었고, 인터넷에서 로열 로드와 관련된 게시판마다 빠르게 글이 올라왔다.

-케이베른이 도시를 완전히 부숴 버리고 있네.

-아렌 성도 저렇게 부쉈죠. 다신 못 쓸 정도로. 그땐 고소했는데 칼라모르의 희망이 저렇게 당하다니요.

-아… 에바루크 성에 집이랑 농장도 마련해 놓고 있었는데. 멜론이랑 블루베리 심어 놓고 수확만 기다리는 중이었는데. 슬픔.

무너지는 에바루크 성.

베르사 대륙에 애정을 가진 유저들은 모두 안타깝게 보고 있었다.

-드래곤 엄청 강하네요. 건물이고 뭐고 다 녹여 버리네.

-케이베른을 절대 못 막음? 위드라면 무슨 방법이 있을 줄 알았

는데.

－위드가 바드레이도 이겼으면 최강자인데 아무것도 안 하나요.

－그래 봐야 우리보다 조금 더 센 유저잖아요. 드래곤을 막을 방법은 없음.

－위드 님에게 무모하게 죽으라고 할 수는 없죠. 무리이고, 감당도 안 되잖아요.

－벌써 기억 못 하시는 분들 많으신데, 예전에 혼돈의 드래곤도 잡았잖아요?

－그땐 드래곤이 바보라서 마법을 안 씀. 그리고 위드도 퀘스트 중이라서 비정상적으로 강했고요.

－사막의 대제왕으로 중앙 대륙 다 쓸어버렸죠. 전쟁의 시대 종식시키고. 레전드 중의 레전드였음.

－그러면 케이베른이 대륙을 멸망시키는 걸 구경만 하고 있어야 돼요, 이렇게?

－모르겠네요. 근데 위드라고 이걸 어떻게 하겠어요?

－우린 다 망할 겁니다. 그니깐 노세 노세. 어서 노세.

게시판마다 위드를 찾고 있긴 했지만, 도시를 파괴하고 있는 드래곤의 위용에는 현실적으로 어찌할 수가 없었다.

에바루크 성이 잿더미로 변한 이후에 케이베른이 떠났다.

피난 조치에도 불구하고 여전히 에바루크 성에는 남아 있던 수만 명의 유저들. 그들 중 마지막까지 살아남은 건 불과

100명 남짓이었다.

그다음으로 깜짝 놀랄 다음 목표까지 공지되었다.

소므렌 자유도시는 인구가 많고 브리튼 연합의 핵심 지역
이라서 모르는 유저들이 드물었다. 게다가 발전도에 따라 그
다음 목표가 될 만한 도시들도 걱정을 해야 했다.

"소므렌 자유도시까지 날아가게 되었으니 이건 정말 곤란
하군."

위드는 에바루크 성이 파괴되는 것을 지켜보고는 한숨을
내쉬었다.

고작해야 1시간 남짓의 짧은 시간에 거대한 성과 도시가
거짓말처럼 부서지고 말았다.

"막지 못하면 매주 대도시가 하나씩 날아간다는 건데……."

게다가 위험한 건 케이베른만이 아니었다.

베르사 대륙 50여 개 지역에서 몬스터 군단이 형성되고 있
었다.

여러 종족의 몬스터들이 도시로 밀려온다면 그 피해란 이
만저만이 아닐 것이다. 성벽에 의존하면 막기가 훨씬 수월할

테지만, 그래도 외부에 있는 농경지는 엉망진창이 될 테니까.

"블랙 드래곤과 몬스터들이라……."

그동안 진행했던 퀘스트들은 시간 여유라도 있었다.

조각술 최후의 비기 퀘스트도 불가능에 가까웠지만, 이번에는 대륙의 평화에 더불어 밥그릇이 위태로웠다.

바드레이는 루의 성검을 쥐고 은폐된 비명의 던전을 걸었다.

발소리 외에 그 어떤 소리도 들리지 않는다.

그 으스스함으로 두려움에 질릴 때쯤에, 악귀들이 벽과 천장에서 튀어나왔다.

-크아앗! 젊고 싱싱한 인간이다!

-너의 육체를 빼앗아…….

서걱!

바드레이는 루의 성검을 휘둘러서 악귀들을 베었다.

-고프레드의 악귀를 소멸시켰습니다.

-불자그의 악귀를 소멸시켰습니다.

-경험치를 획득하였습니다.

－21마리의 악귀를 연속으로 처치하였습니다.
 훌륭한 전투 공적으로 민첩이 1 증가합니다.

 퀘스트를 받아야만 입장할 수 있으며 공략 레벨은 최소 600 이상.

 악귀들은 신성력이 부여된 무기로만 타격을 입힐 수 있으며, 정확히 심장을 베지 않으면 소멸시키지 못한다.

 '침착함을 유지하며 할 수 있는 건 해낸다. 나 자신을 믿자.'

－랩타일의 악귀를 소멸시켰습니다.

－에거스트의 악귀를 소멸시켰습니다.

－경험치를 획득하였습니다.

－악귀의 반지를 얻었습니다.

－사악한 마나의 정수를 얻었습니다.

 '할 수 있다.'

 바드레이는 검술을 마스터한 이후에 확실히 강해졌음을 느꼈다.

 은폐된 비명의 던전만 하더라도, 과거에는 헤르메스 길드에서도 위험해서 공략하지 못했던 곳이다.

달빛
조각사

여러 명이 동시에 던전을 진입하면 서로를 적으로 인식하기 때문에 공격대는 의미가 없다.

오로지 혼자 헤쳐 나가야만 했는데, 잘못하면 죽는다는 우려 때문에 들어올 수가 없었다.

무신 바드레이.

어깨에 짊어지고 있는 명성이 물거품이 되는 것이 두려워서 포기했었다.

'이제 날 구속할 수 있는 건 없다.'

바드레이는 입가에 미소를 지었다.

도전자의 입장으로 바뀌고 나니, 설령 던전에서 목숨을 잃는다고 해도 두려울 것이 없었다.

헤르메스 길드의 친위대, 지원군의 도움이 없더라도 그는 강했다.

'위험 속에서 한 단계 성장한다는 게 이런 기분인가.'

앞으로 걸어가며 악귀들을 헤쳐 나갔다.

섬뜩한 위험의 순간들도 있었지만, 그럴 때마다 빠르게 판단하고 몸이 반응했다.

'검이 몸의 일부처럼 움직인다. 강력한 힘을 믿고 베고, 꿰뚫는다.'

최선의 전투를 이루어 낼 때의 고양감. 그것은 잃어버린 자존감을 회복시킬 뿐만 아니라 더 나은 경지를 보여 주었다.

악귀들의 보스 랩타일을 해치우는 순간, 바드레이는 자신했다.

'내가 다시 최강이다.'

목숨을 걸고 싸워서 이긴 보람은 전리품으로도 확인되었다.

띠링!

─벼락의 힘이 깃든 전설급 이동 스킬을 습득하였습니다.
 천둥 걸음!
 땅을 내디딜 때마다 벼락이 내리쳐서 적을 강타합니다.

이미 한번 꺾였기에 바드레이는 더 강해지리라고 다짐했다.

위드와의 대결. 처음에는 확실하게 압도하고 있었다. 그러다 상황이 뒤바뀌면서 몰아치는 연속 공격을 허용하며 패배했다.

조각술 최후의 비기인 찰나의 조각술, 차원문의 장갑이 동시에 활용되었기 때문이다.

'전반적인 전투 능력은 내가 훨씬 나았다. 그리고 잠깐 사이에 잘 대처했더라면… 죽지 않을 수 있었어. 장기전으로 가면 확실히 내가 이길 가능성이 높았지.'

그때의 영상을 백 번도 넘게 돌려 보며 전투를 분석해 봤다.

지나고 난 다음의 아쉬움이야 이루 말할 수 없었지만, 위드의 이동과 공격이 너무 빨랐다.

악마의 참혹 난무라는 결정적인 공격을 발동시키면서, 승리를 확신하고 마음을 놓았던 것도 패배의 원인이 되었다.

'헤라임 검술. 장점이 크지만 단점이 더 많아. 알고 대비만 한다면 어떻게든 한 번은 중간에 피하거나 막을 수 있다.'

바드레이는 재대결을 위해서 머릿속으로 수없이 가상의 전투를 그려 보았다.

'다음 전투는 철저히 준비하고 공략한다. 이번에는 내 쪽에서 말이야.'

대지의 궁전에는 유린이 그린 대형 지도가 놓여 있었다.

그리고 초보 조각사들이 그 지역에서 활동하는 몬스터의 형상을 깎아 하나둘 올려놓았는데, 전 대륙에 걸쳐서 표시가 부쩍 많아지고 있었다.

"북부 대륙은 서서히 위협을 감당하기 힘든 상태입니다."

"몬스터들이 너무 많아서, 수십 명의 유저들이 쫓겨 와 성 내로 대피할 정도예요."

"도시가 파괴되진 않았지만… 고립되는 마을이 생겨나고 몬스터가 차지한 영역이 넓어지는 중입니다. 또 그곳에서는 몬스터들이 계속 모이고 있고요."

"아르펜 제국의 치안이 악화되고 있어요. 농작물의 피해도 크고, 도로도 곳곳이 파괴되었습니다."

케이베른이 에바루크 성을 파괴하기 전부터 대지의 궁전에는 북부 유저들이 몰려들어 왔었다.

농부, 상인, 모험가, 전사, 마법사, 정령사.

직업이야 각양각색이지만, 대부분 모라타부터 시작해서 북부 대륙을 끔찍이 사랑하는 유저들이었다.

온갖 몬스터의 조각품이 올라가 있는 지도를 확인하던 상인 팬달이 고개를 절레절레 저었다.

"위드 님이 열심히 사냥을 하고 있긴 하지만… 몬스터들이 워낙 많아지다 보니 규모도 마구 불어납니다."

"하나의 몬스터 무리를 해결하는 동안에 3~4개가 더 생성되는 수준이니까요."

"몬스터들이 가까운 지역에서는 어쩔 수 없이 공성전을 준비해야 할 것 같아요."

북부를 돌아다니는 몬스터들.

그들이 무리 지어 도시로 다가오고 있었다.

"공성전이라니… 다들 두려워하지 않을까요?"

"글쎄요. 제가 만난 유저들은 기대하고 있던데요."

정령사 포럼은 흥미진진한 기색이었다.

로열 로드에서는 온갖 일이 벌어지니, 몬스터를 상대하는 공성전이 짜릿하기도 할 것이다.

실상 모라타가 문화적으로 영역을 확장할 당시에 변방 마을 들은 목책 하나에 의존하여 주위의 몬스터들을 이겨 냈다.

"크흐훗, 정말 재밌겠군요."

"좋게 생각하면 하나의 재미가 될 수도 있죠."

"우린 어떻게든 위드 님이 케이베른을 퇴치할 때까지 버텨 야 합니다."

북부 유저들은, 시간은 걸리더라도 위드가 블랙 드래곤을 잡을 수 있으리라고 믿었다.

갓 임명된 중앙 대륙의 영주들은 상황을 지켜보고 있었다.

"몬스터들이 지나치게 많아지는 거 아닙니까? 내 도시가 침공이라도 당하면 어떻게 하죠?"

"우린 몬스터들과 가까운 지역은 아니긴 하지만… 이래서 야 불안해져서 세금 수입도 줄어들 것 같고."

"유저들을 모아서 토벌을 시도하는 건 어떨까요?"

"흠, 좀 지켜보도록 합시다."

영주들은 자체적인 병력이 없었기 때문에 아무리 우려한 다 해도 해결 방안이 없었다.

아르펜 제국이 지켜 주면 좋을 테지만, 매일매일 사냥하는 위드의 모습을 방송으로 보고 있으니 탓할 수도 없었다.

"밤낮을 가리지 않고 사냥을 하더군요."

"와삼이를 타고 이동하며 무기와 방어구 수리하고 보리 빵 먹는 거 보셨습니까?"

"그러면서도 히죽히죽 웃더군요. 정말 힘들 텐데 말입니다."

위드야 좋아서 하고 있는 일이지만, 남들이 보기에는 이런 혹사가 또 없었다.

더구나 영주의 자리를 받을 때 따로 계약서도 썼다.

갑은 아르펜 제국의 황제 위드, 을은 영주가 되고 싶어 하는 당신이다.

을은 지배하는 도시에서 아르펜 제국의 공식 세율을 그대로 유지한다.

을은 도시 개발, 인구 증가, 기술 발전 그리고 유저들의 복지 향상을 위해 힘쓴다.

을이 필요로 하는 자금과 노동력은 스스로 동원한다.

을은 몬스터의 침략과 자연재해를 알아서 막는다.

갑은 아르펜 제국의 황제다.

을은 이 계약 내용이 싫으면 언제든 영주를 그만둘 수 있다.

전형적인 불공평한 계약서!

'말이 돼?'

'완전 날강도 아니냐?'

'와… 칼을 들었네, 들었어.'

아르펜 제국에 임명된 영주들은, 처음에는 위드의 의도를 의심하기도 했지만 곧 현실을 받아들이게 되었다.

아르펜 제국에는 몬스터와 재난에 대응할 수 있을 정도로 군대가 많지도 않았고, 영주를 지원하는 이들은 그들만이 아니었다.

게다가 영주의 자리를 사기 위해 낸 돈은 전부 아르펜 제국의 발전에 뿌려졌다.

낙후된 지역 복구와 몬스터 침략에 대비한 성벽 건설, 요새 축성. 그 혜택을 받은 곳은 북부 지역만이 아니라 중앙 대륙에도 여러 곳이었다.

'끄응, 눈으로 다 보이니 내 돈을 어떻게 썼냐고 따질 수도 없네.'

'뭐… 공식 세율을 유지하는 게 꼭 나쁜 것도 아니지. 다른 영주들은 다 낮게 받는데 나 혼자 괜히 올려서 눈치를 보느니.'

'차라리 신경 쓸 필요 없이 공식 세율이 낫겠다.'

'영주로서의 일을 잘하라는 건 기본적인 다짐 정도로 보이고… 설마 좀 논다고 영주 자리를 뺏거나 하진 않겠지.'

'자금과 노동력? 아르펜 제국이 도와주면 좋은데 그럴 여력이 안 되는 것은 분명하고… 흠.'

위협이 닥쳐오고 있긴 하지만, 영주들은 최대한 긍정적으로 생각하기로 했다. 아직까지 위드나 아르펜 제국이 그들을 실망시키진 않았기 때문이다.

"몬스터들이 몰려오면 우리끼리라도 협력해서 잘해 봅시다."

"그래요. 유저들에게 모범을 보여 보죠. 우리가 영주가 된 걸 시기하는 무리도 꽤 많으니 말입니다."

영주들은 그렇게 자신들끼리라도 뭉쳐서 헤쳐 나가 보기로 다짐하는 수밖에 없었다.

반면에 툴렌 지역의 절반 정도를 차지한 흑사자 길드는 상황이 달랐다.

"케이베른이 무섭지, 몬스터들이야 그냥 다 죽이면 돼."

흑사자 길드는 정예 유저들을 다시 뽑고, 내정에도 관심을 쏟고 있었다.

과거의 잘못을 후회하면서, 이번에는 일반 유저와 주민에게도 잘해 주려고 노력했다.

"우리가 발전하면 유저들은 알아서 모이지. 그리고 내 땅을 직접 지키는 건 당연한 일이야."

흑사자 길드의 힘이라면 몬스터들을 막아 내기가 그리 어렵진 않으리라고 생각했다.

그들이야말로 남는 건 전투력이었고, 그동안 쓴 돈을 보충하기 위해서라도 몬스터 토벌에 적극 나서야 했다.

"위드가 우리까지 신경을 못 쓸 때 잘 해내야 돼. 그러면 적어도 이 지역에서는 흑사자 길드가 다시 세력을 떨칠 수 있지."

"나도 그렇게 생각하네."

드워프 전사 빈델도 동의했다.

그동안 침체되어 있던 길드 내부의 분위기를 바꿀 수 있는 기회였다.

"길드에 총동원령을 내리자고. 적극적으로 나서야지. 우리 흑사자 길드를 위하여!"

그와 비슷한 생각은 경쟁 세력인 로암 길드와 클라우드, 사자성, 블랙소드 용병단에서도 했다.

각 지역에서 결성된 세력이, 케이베른이 불러일으킨 사태를 막기 위해 저마다 적극적으로 병력을 일으켰다.

"경쟁이지. 아르펜 제국의 지배는 어쩔 수 없다지만 다른 영주들에게까지 밀릴 순 없잖아!"

"과거에는 우리 로암 길드가 제일 잘나갔었어. 우린 그래도 다른 곳에 비하면 평판이 좋은 편이었고……. 수비대를 편성해서 영토 내의 몬스터들을 막아 내자."

"실력자들을 모집해. 블랙소드 용병단에서 신규 용병을 대거 받아들이자!"

중앙 대륙의 몬스터를 이끄는 존재는 용인이었다.

몇몇 오우거가 변화한 이 작은 용들은, 육체적인 능력이 압도적인 것은 물론이고 마법력까지 발휘할 수 있는 존재였다.

하늘을 나는 용인들의 지휘하에 몬스터가 지상을 진군해 온다.

그 몬스터에 맞서기 위한 병력이 도처에서 일어나고 있었다.

위드는 언데드들을 일으키며 전투를 치르고 있었다.

"진흙 골렘, 적을 향해 돌격해라."

─그룩. 그룩!

높이가 5미터나 되는 진흙 골렘이 세차게 달려가서 말의 머리를 닮은 우르고스와 싸웠다.

본래 골렘이란 네크로맨서의 동반자였다.

충직한 기사처럼 곁에서 소환자를 지켜 주고, 어떤 때는 언데드들과 함께 싸우며 적진을 파괴하기도 한다.

─죽음의 지배자께서 내린 명을 따라!

천 마리나 되는 우르고스는 넓게 산개하더니 창을 던졌다.

진흙 골렘은 수십 개의 창을 얻어맞고 그대로 다시 흙으로 변했다.

─진흙 골렘이 파괴되었습니다.

위드는 그 광경을 보며 혀를 찼다.

"쯧, 골렘 제작은 웬만큼 해도 통 늘지를 않는군."

골렘 제작도 초급 7레벨에 오르기는 했지만, 노가다를 통해서도 잘 올리기 힘든 스킬이었다.

쟌이나 그로비듄 같은 네크로맨서들은 불의 골렘이나 강철 골렘을 만든다.

불의 골렘은 강력한 광역 공격이 가능했으며, 강철 골렘은 몬스터들이 때리다가 지칠 정도의 맷집을 가졌다.

그들은 네크로맨서가 된 초창기부터 골렘과 함께 성장해 왔기에 가능한 일이었다.

"어쩔 수 없지. 다들 가서 싸워!"

"그 말만을 기다렸다. 바하라아아아!"

워리어 바하모르그가 도끼를 들고 달려가고, 기사 세빌, 여전사 게르니카가 바짝 뒤를 쫓았다.

상대는 기동력이 뛰어나고 집단 전술도 적극적으로 사용하는 우르고스!

원거리에서 창을 던지고, 레벨도 500대 후반에 달하기 때문에 상대하기 극도로 까다로운 몬스터들이었다.

전에는 북부 대륙의 변방에 있는 킬리자르 협곡 너머에 살았는데, 아르펜의 개척 마을을 침략해 온다는 소식을 들었다.

"여기에 온 이상 가죽 한 조각까지 전부 챙겨 주지!"

우르고스들이 크게 원을 그리면서 달리며 창을 던지고 있었다.

바하모르그와 세빌, 게르니카는 방패를 들고 선두에서 막아 내기에 급급했고, 반 호크가 이끄는 300마리의 스켈레톤 군단은 그대로 박살이 났다.

와삼이를 타고 온 위드가 시간을 아끼기 위해 몬스터 사냥을 별로 하지도 않고, 대충 일으킨 소규모 언데드만 데리고 우르고스들이 모여 있는 진영으로 찾아온 탓이었다.

쿠르르르르르!

그때 갑자기 땅이 흔들리더니 모래에서 거대한 무언가가 솟구쳤다.

데스웜!

위드가 만들어 낸 조각 생명체 중에서 전투력으로 따지면 불사조, 킹 히드라와 함께 최강을 다투는 녀석이 등장했다.

입을 크게 벌린 데스웜은 땅 위에 있던 우르고스를 다섯이나 한꺼번에 집어삼켰다.

"냠냠냠. 꿀꺽. 캬아아아아아."

우르고스들의 몸이 그 자리에서 얼어붙었다.

데스웜은 공포를 퍼뜨리는 특성도 가지고 있었던 것.

"지형 파괴."

위드의 명령에 따라 데스웜은 땅을 파고들더니 10미터 떨어진 곳에서 다시 튀어나왔다.

넓은 평야를 좋아하는 우르고스가 마음대로 뛰어다니지 못하게 만드는 것이다.

"침착하게 집중 공격을 하라!"

"대지의 진동에 신경 써라. 놈이 튀어나오는 걸 알 수 있을 것이다!"

그러나 지능이 뛰어난 우르고스는 곧 정신을 차리고 데스웜에게 적합한 공략법을 찾아 흩어지며 창을 던졌다.

"꾸왯!"

데스웜은 우르고스를 잡아먹다가 100개도 넘는 창에 맞았다. 다행히 단단하면서도 미끈거리는 피부로 거의 튕겨 냈지만, 7개는 속절없이 박히고 말았다.

"공중 지원."

위드의 말이 떨어지기 무섭게 이번에는 숲 너머에서 바라그들이 날아와 지상을 향해 화염을 뿜었다.

"기다리기 지루했다."

"전부 태워 주겠다."

우르고스의 전투력은 빠른 움직임과 집단 전술 중거리 공격에 있었다.

골렘과 약간의 언데드, 바하모르그를 비롯한 조각 생명체들은 미끼가 되어 그들을 한곳으로 모으는 역할을 했다.

그다음에는 지상을 불바다로 만들어 버리는 바라그의 집

중 공격이 이어졌다.

"너희가 살아서 움직이던 땅으로 돌아오라. 이곳은 어두운 곳. 검고 부패한 땅. 영영 사라지지 않을 암흑의 율법을, 모든 이들에게 새길 수 있도록 하라. 언데드 라이즈!"

잠시 후 위드가 화염 속에서 언데드를 소환했다.

바라그의 공격에 사망한 우르고스의 육체는 데스 나이트를 기본으로 둠 나이트까지 일어났다.

-어둠의 정수가 스며든 우르고스의 몸을 언데드로 만들었습니다.
언데드 소환 스킬의 숙련도가 크게 증가합니다.
영구적으로 지식과 지혜가 3씩 높아집니다.

화염으로 불타는 언데드가 일어나면서 한층 치열한 전투가 펼쳐졌다.

"묵은 뼈의 골짜기."

위드는 독을 퍼뜨리는 뼈 무더기를 틈틈이 소환하여 퇴로를 차단했다.

우르고스는 동족들을 놔두고 도망치지 않지만, 만약의 상황에 대해서도 대비한 것이다.

이제 언데드 소환에 비해서는 수준이 낮지만 저주 계열과 공격 마법을 실컷 연마하려고 할 때였다.

서윤의 귓속말이 들려왔다.

-모드레드가 위험해요. 지하 던전에서 튀어나온 몬스터들이

도시를 장악했어요.

니플하임 제국의 수도였던 모드레드.

드넓은 폐허로 변한 지역에 몬스터들이 들끓는다는 귓속
말이었다.

-그래.

위드는 올 것이 왔다는 생각이었다.

-모드레드로 갈까?

모드레드에서 사냥을 한다면 언데드들을 소환 해제할 필
요가 없으니 최고의 효율을 낼 수 있었다.

언데드란 적당히 강한 몬스터들을 때려잡을 때 훌륭한 법.

꾸준히 대량의 몬스터들이 공급되고 주변에 다른 유저가
없는 지역은, 네크로맨서에게는 성장의 촉진제나 마찬가지
였다.

-되찾을 수는 없을 것 같아요. 모드레드는 넓은 폐허 지역이
고 몬스터들이 땅에서 계속 나와서요. 그곳에 신경을 쓰는 동안
다른 장소들이 위험해질 거예요.

-그렇겠지.

-모드레드에서 나오는 몬스터들은 인근 마을과 도시에서 성
벽을 의존해서 막을 거예요. 아르펜 제국군을 편성해 놓았어요.

-대처가 빨랐네. 잘 막을 수 있을까?

-어느 정도는요. 북부 대륙으로 조금씩 흩어지는 몬스터들
은 감수해야 할 것 같아요.

베르사 대륙 전역의 몬스터 출몰이 활발해졌으니 어디서든 위험이란 대가를 치러야 했다.

이미 게시판에는 몬스터들에게 당했다는 유저들로 아우성이 가득했다.

-그보다도… 네크로맨서를 끝까지 마스터할 거예요?

-왜?

-좀 특별한 전사 직업에 대한 정보를 얻었어요. 어쩌면 세계를 구하는 용사와 관련이 있을지도 모르겠어요.

-세계를 구하는 용사?

위드는 무예인을 포함하여 여러 직업을 알고 있었다.

세계를 구하는 용사는 사막의 대제왕 시절에 가졌던 직업.

'태양의 전사에서 승급을 했었지. 근데 태양의 전사만 되는 건 아니었어. 기사, 전사 계열 최종 직업의 단 1명에게 자격이 주어진다.'

위드가 엠비뉴 교단을 박살 내며 사막의 대제왕 시절을 마치고 나서는 헤스티거가 세계를 구하는 용사를 이어받았다.

그야말로 전투 계열의 정점!

-그 직업이 가능하다고?

-확실하진 않아요. 다만 전사 계열의 상위 직업을 얻을 순 있을 거예요. 세계를 구하는 용사는 그 이후에 얻어야 하고요.

-그럴 수도 있겠군. 쉽게 얻을 수 있는 직업은 아니니까.

세계를 구하는 용사가 되었을 당시에는 엠비뉴 교단과 아우솔레토라는 위협이 있었다.

인간의 무력의 한계를 뛰어넘고, 세상을 구하기 위한 임무를 받아야만 수행할 수 있는 직업.

"케이베른이라면… 흠, 평소라면 몰라도 세상이 어수선하니 가능성이 높긴 하겠어."

그렇지 않아도 요즘, 네크로맨서를 마스터할 필요까진 없겠다고 생각하던 참이었다.

근본적으로 네크로맨서는 죽음의 경계를 뛰어넘는 힘을 다루는 직업.

저주와 흑마법의 일부까지 마음껏 다루어야 강해지는 직업이다.

그 과정에서 여러 종류의 스탯이 줄어들게 될 테고.

조각사처럼 느리지만 꾸준히 쌓기만 하는 직업과는 달리 페널티가 크다.

'사냥 속도를 높일 수 있는 정도로만. 그리고 언데드 소환은 꾸준히 쓰면 언젠가는 마스터할 수도 있겠지. 굳이 네크로맨서로 정점을 찍을 필요는 없어.'

네크로맨서는 고급의 단계에 이르면 스킬 레벨을 올리기 위해 특별한 제물을 구하거나 퀘스트를 수행해야 했다. 어떤 퀘스트는 수행하는 방식에 따라 강력한 악의 힘을 손에 넣기도 했다.

직업 자체가 걸어가는 길이, 조각사처럼 평범한 노가다가 아니었다.

과거에는 그럼에도 도전해 볼 가치가 있긴 했지만, 헤르메스 길드를 물리치면서 상황이 많이 바뀌게 되었다.

-네크로맨서를 마스터하지 않고 전직을 하면 언데드 소환 스킬 숙련도가 좀 줄어들 텐데요.

-상관없어. 노가다로 극복하면 되니까.

위드는 그 정도 페널티는 아무것도 아니라고 생각했다.

직업을 마스터하지 않고 전직하면 상황에 따라 숙련도가 감소한다.

레인저에서 비슷한 궁수로 전직을 할 때는 궁술이 떨어지지 않는다.

그렇지만 마법사 계열에서 전사 계열로 바뀌게 되면 스킬 숙련도나 스탯에서 약간씩 손해를 봐야 했다.

-우선은 전사로 전직을 하고, 사막으로 가야 해요.

-흠, 역시 사막인가?

-중앙 대륙에 다른 방법도 있을지 모르지만, 가장 찾기 쉬운 시작점은 사막에 있었어요.

위드는 직업을 바꾸기로 했다.

조각사로 시작하긴 했지만, 네크로맨서를 거쳐서 대륙의 황제가 되었고, 이제 세계를 구하는 용사까지 하는 것이다.

가르나프 전투가 끝난 후, 바트는 중앙 대륙까지 교역을 확대해 놓고 있었다.

"기회가 왔을 때 적극적으로 개척하지 않으면 안 되지. 하루 늦게 시작하면 그만큼 손해를 볼 게야."

북부에서 식료품과 광물을 바탕으로 물자를 대대적으로 사 와서 중앙 대륙의 도시들과 거래를 텄다.

그 과정에서 친분이 생긴 헬튼 상단주, 델몽 상단주도 함께했다.

"굳이 칼라모르까지 갈 필요가 있을까요? 틀렌에도 수요는 충분한데요."

"가야지. 사려는 사람이 있다면 상인은 어디든 가야 해."

"여기도 가격이 적당한데……."

"꼭 사고 싶어 하는 곳에 먼저 팔아야 해. 상인은 돈이 아니라 신용을 얻어야 성공하는 거야."

바트는 철광석이 잔뜩 실린 마차를 이끌고 칼라모르 지역까지 갔다.

에바루크 성이 드래곤에 의해 파괴되고 온 사방이 몬스터로 난장판이었으나 용케 제니아 성까지 도착할 수 있었다.

제니아 성은 칼라모르의 네 번째 도시였지만 교통이 좋다는 이점으로 유저들이 몰리면서 수도 역할을 하는 곳이었다.

"철광석 팝니다! 철제 무기 판매합니다. 활을 만들 수 있는 뿔과 나무도 잔뜩 가져왔습니다."

바트를 따라온 헬튼, 델몽은 교역소에 절반을 처분하고, 나머지는 광장에서 노점을 열어 팔았다. 그리고 20분 만에 전 품목 매진이라는 기록을 세울 수 있었다.

광장 구석에서 장사를 시작했을 뿐인데 유저들이 끝없이 늘어서더니 물건들을 싹 사 간 것이다.

특히 활을 만드는 재료는 10분도 안 되어서 동이 날 정도로 인기를 끌었다.

"어떤가, 시원하게 잘 팔았지?"

"예. 보람이 있네요."

바트는 도시에 공적치를 쌓고 명성을 크게 날릴 수 있었다.

에바루크 성이 무너지고 몬스터들이 활발히 활동하면서 활의 수요가 급증했다.

공성전이 벌어지면 전사나 상인이나 할 것 없이 들어야 하는 무기가 활이었다.

"대박! 더 싼 가격에 물건을 구입할 수 있게 됐네요. 근데요, 우리 다시 돌아가는 길에는 뭘 사 가죠?"

"약초를 사 가도록 하세. 이 부근에는 여러 종류의 약초가 많이 나니까."

"그걸 어떻게 아세요?"

"시장조사야 장사의 기본이 아닌가."

바트는 가지고 있던 돈을 모두 털어서 약초를 구입했다.

헬튼과 델몽도 동참을 했고, 그들은 곧 유저들과 함께 다시 툴렌으로 넘어가는 여행길에 올랐다.

툴렌이나 브리튼 지역까지만 가서 팔더라도 많은 수입을 기대할 수 있었다.

'전쟁이 벌어지면 상인은 위축되지 말고 더 열심히 움직여야 해. 뭐든 생산하고 팔고. 물품을 원하는 사람은 반드시 있어.'

호성 그룹을 경영할 당시에도 그랬다.

남들이 이르다고 할 때 앞장서서 투자했고, 기술 개발을 선도했다.

'결국은 다 무너지고 말았지만… 그래도 내 경영 방침이 잘못된 건 아니었어.'

그룹의 회장 자리에서 물러난 후 의욕을 잃고 절망에 빠진 적도 있었다.

먹고살 정도의 돈이야 넘칠 정도로 남았지만, 실패한 경영자로서 낙인찍힌 것은 가슴 아팠다.

누군가는 쉽게 말하리라.

"망해도 떵떵거리면서 돈 걱정 없이 살잖아!"

틀린 말은 아니다.

그럼에도 기업의 경영자로서 살아가다가 한순간에 할 일이 없어지고 모두가 그를 패배자로 여기는 목소리를 듣는 건, 사람들의 생각보다 훨씬 처참한 일이었다.

수십만의 실직자들. 그리고 그들의 가정.

한없이 미안하고, 걷잡을 수 없는 자괴감이 몰려오는 것이다.

하지만 호성 그룹의 계열사들은 새로운 주인을 찾고는 보란 듯이 수익을 내기 시작했다.

일찌감치 투자해 놓은 기술과 설비가 조금 늦게 진가를 발휘했다.

'다행이지. 그때 한 번의 자금난만 넘겼더라도……. 후, 미련을 갖지 말자. 어떤 일이든 조금의 차이로 잘되거나 망하는 것을.'

위드는 모라타로 돌아왔다.

북부를 상징하는 이 대도시에는 웬만한 건물들은 다 있었고, 네크로맨서 길드 역시 마찬가지였다.

"고귀한 삶과 죽음의 주인이시여……."

위드가 길드로 들어서자 음침한 로브를 입고 있는 네크로맨서들이 일제히 엎드렸다.

불사의 군단으로 인한 그들과의 기나긴 인연, 게다가 황제라는 명성도 있었고, 네크로맨서로도 고급의 실력을 갖춘 덕분이었다.

"위, 위드 님이닷!"

"전쟁의 신 위드!"

길드 1층에 있던 유저들이 깜짝 놀라서 소리쳤다.

평범한 외모는 여전히 쉽게 알아보기 힘든 편이지만, 요즘의 인기는 그것을 넘어섰다.

"반갑습니다, 여러분. 사냥 열심히 하시고 세금 많이 내주세요."

위드는 가볍게 손을 흔들어 인사하고는 계단을 올라갔다.

뒷골목의 허름한 주택가에 있던 네크로맨서 길드는 흑색과 보라색이 어우러진 멋진 탑으로 이주를 했다.

1층에서는 의뢰가 이루어지고 주문서 등을 판매하며, 2층에서는 고서적과 마법 장비를 판매한다. 그리고 3층부터는 중급 이상의 언데드 소환을 익힌 이들에게만 허용되는 장소다.

위험한 마법 주문들을 가르치기도 하고, 또한 깨닫거나 발굴한 것들을 판매하는 것도 가능했다.

위드는 바라볼이 바바리안의 해골 앞에서 무언가를 연구하고 있는 광경을 보며 걸어갔다.

"오랜만이군."

"어서 오십시오, 죽음의 구도자시여."

바라볼이 네크로맨서 특유의 낮고 음침한 목소리로 말하며 고개를 숙였다.

"할 말이 있어서 왔다."

"무엇입니까? 드디어 완전히 죽음을 부정하는 방법을 알 아내셨습니까?"

"아니다."

"그렇다면 죽음의 구름을 띄워서 가련한 생명체들을 정화 하는 마법을 깨달으셨습니까?"

"······그것도 아니다."

"우리의 도움이 필요합니까? 비밀리에 수행해야 하는 은 밀한 일? 폐하께서 원하신다면 우리 네크로맨서들은 강이나 우물에 독을 풀 수도 있고, 넓은 들판과 풍요로운 강을 가진 큰 도시를 무덤으로 바꿀 수도 있을 것입니다. 폐하의 충실 한 종은 성가신 인간보다는 조용한 스켈레톤들이지요."

위드의 표정이 진지해졌다.

'아니, 이놈들이!'

케이베른이라는 사상 초유의 위험을 제거할 생각이었는 데, 모라타 내부에도 악성종양이 자라고 있을 줄이야.

'처음에는 네크로맨서들이 악당 취급을 받는 게 오해라더 니… 원래 그렇고 그런 놈들이구나.'

리치 샤이어가 바르칸을 타락시키면서 시작된 불사의 군 단과의 전쟁.

네크로맨서들은 알고 보면 다 거기서 거기인 것을.

'역시 믿을 놈이란 없군.'

위드는 인생의 교훈을 단단히 머릿속에 새기면서 네크로맨서 바라볼을 기억해 두었다.

"크흠, 내가 온 이유는 네크로맨서를 그만두기 위함이다."

"무엇이라고요? 삶과 죽음에 대한 진지한 성찰을 바탕으로 세상의 섭리를 뒤바꾸는 숭고한 연구를, 더 이상 하지 않겠다는 말이십니까?"

"그만두고 싶다."

"정말 믿기 어려운 형편없는 말이로군요."

위드는 사표를 쓰기 위해 네크로맨서 길드에 왔다.

웬만한 직업은 곧바로 바꿔 버리더라도 큰 문제는 아니었다. 네크로맨서는 일반인들의 혐오감이 심한 편. 특히 전사들이 가장 싫어하는 대상이기 때문에 퇴직을 하는 것이 우선이었다.

그렇지만 네크로맨서들은 자기들끼리의 결속력이 뛰어나기 때문에 이탈자를 증오했다.

"부디 생각을 돌리시지요. 얼마 전에 오래된 늪에서 수정 해골을 찾아냈습니다. 이 해골을 연구하면 새로운 언데드를 개발할 수 있을지도 모릅니다."

"새로운 언데드?"

"아직 연구 중입니다만, 매우 강력한 언데드입니다. 죽음에 대한 이해가 높아질수록 우리는 더욱 거대한 힘을 손에 넣게 될 것입니다. 살아 있는 이라면 누구라도 두려워하며 복종해야 될 만큼요."

"……."

"게다가 칠흑과 공포, 개방된 죽음의 시대가 열리면 궁극의 힘을 얻게 될 것입니다. 네크로맨서들이 지배하는 완전무결한 세계! 그 길을 거부하시겠다는 말씀입니까?"

바라볼은 그동안의 인연과 친밀도 때문에 위드가 생각을 돌리기를 바라며 설득을 거듭했다.

'네크로맨서는 언제든 확실하게 손을 봐 줘야 되겠군.'

위드는 오히려 생각이 반대로 굳어지고 있었다.

일찌감치 감시 대상에 올려놓고, 조금만 수상쩍어도 전부 쓸어버려야 하리라.

"응, 거부해. 네크로맨서는 아주 별로야."

띠링!

-네크로맨서를 그만두고, 조각사 마스터 상태로 돌아왔습니다.

생명력과 마나의 최대치가 원래대로 감소합니다.
명성의 영향력이 확대됩니다.
신앙심의 효과가 줄어들지 않습니다.
악명이 25,000 감소했습니다.
네크로맨서를 중간에 포기함으로써 언데드 소환 스킬을 비롯하여 직업 스킬들의 숙련도가 2레벨씩 줄어듭니다.
언데드에 대한 지배력이 감소합니다.
죽은 자의 힘이 651 약해졌습니다.
네크로맨서 길드와의 관계가 무시, 불화로 변했습니다.

조각사 마스터!

생명력이 줄어들긴 했지만, 원래 네크로맨서는 10%의 추가 효과밖에 없어서 큰 영향은 미치지 않았다.

마나의 경우에는 50% 증가했었는데 이젠 마음대로 스킬을 쓰지 못하게 되어 아쉬운 상태.

네크로맨서를 그만둔 영향은 그걸로 끝나지 않았다.

띠링!

-프레야 여신의 축복이 부여됩니다.
모든 상태 이상에서 벗어나며 최상의 몸 상태가 만들어졌습니다.
예술가여.
잠시의 방황을 하였지만 선한 의지로 되돌아왔군요.
아름다움과 풍요로움의 축복이 올바른 길을 걷는 그대와 함께할 것입니다.
신앙심이 20 증가했습니다.
카리스마와 매력이 10 증가했습니다.
1달 동안 넘치는 생명력을 부여받습니다.
생명력의 회복 속도가 60% 빨라집니다.
동료와 가까이 있는 아군의 회복 속도도 20% 빨라집니다.
손에 닿는 식재료들의 품질이 최상이 됩니다.

위드가 꽤 만족하고 있을 때였다.

띠링!

-헤스티아 여신의 축복이 부여됩니다.

그대는 어긋난 것들을 정화하는 불의 축복을 받았습니다.

음습한 어둠으로부터 벗어난 것을 축하하며 헤스티아가 축복을 내렸습니다.

어둠 계열 몬스터들의 특수 공격을 성스러운 힘으로 50% 차단합니다.

화염 계열의 공격력이 영구적으로 3% 증가합니다……

-아트록의 축복이 부여됩니다.

-바탈리의 축복이 부여됩니다.

-티른의 축복이 부여됩니다.

-루의 축복이 부여됩니다.

네크로맨서.

어지간히 신들이 싫어하는 직업이었다.

바라볼은 창백한 얼굴로 손을 들어 문을 가리켰다.

"이곳은 네크로맨서들에게만 허용된 소중한 공간입니다. 즉시 떠나 주십시오."

그동안 쌓은 친밀도가 확실히 날아갔음을 깨닫게 해 주는 냉정한 태도였다.

위드가 그다음으로 향한 장소는 전사 길드.

전사 길드는 모라타의 5개의 광장마다 자리 잡고 있었고, 의뢰를 받거나 스킬을 배우려는 유저들로 항상 북적이는 장소였다.

"방문해 주신 것을 환영합니다, 존경하는 황제 폐하!"

"우리 강철방패 길드는 폐하께 영원한 충성을 다짐합니다!"

길드에 들어서자마자 주민들로 구성된 경비병들과 전사들이 고래고래 고함을 질렀다.

명성으로 인한 위드의 인기가 이 정도!

"뭐, 뭐얏."

"위드 님이다! 위드 님이 이곳에 오셨다!"

전사 길드에 있던 수백 명의 유저들도 난리 법석을 피웠다.

모라타 유저들에게 위드란, 어쩌다 조각품을 깎는 모습을 보일 때도 있었고, 광장에서 장사를 하는 모습도 보였다.

평범해 보이지만 베르사 대륙을 지배하게 된 권력자!

뒤늦게 모라타에서 시작한 이들도 대부분 위드를 좋아했다.

"아르펜 제국 만세!"

"위드 님, 사랑해요!"

위드는 계단을 향해 걸어가면서 가볍게 손을 흔들어 보였다.

제대로 알아듣기도 힘들 정도로 유저들의 고함 소리가 아우성치듯 들렸지만, 몇몇 말들이 가슴에 박혔다.

"이번에 다 투자해 주신 거 고맙습니다. 덕분에 공짜로 집 고쳤어요!"

"……."

"우릴 위해서 돈 다 쓰시고… 진짜 위드 님 최곱니다!"

"……."

"앞으로도 잘 부탁드립니다. 쭉 이렇게만 통치해 주세요!"

"……."

위드는 유저들의 존경을 받는 것이 이렇게나 슬프고 안타까운 일이라는 사실을 깨닫고 말았다.

'이래서 욕을 먹고 살아야 오래 산다는 거구나. 칭찬을 들으면 화병으로 일찍 죽는다는 의미였어.'

역시 옛말은 겪어 봐야 제대로 알 수 있는 법이었다.

30분 후, 로열 로드의 게시판에 글이 하나 올라왔다.

제목 : 블랙 드래곤은 죽은 목숨임. ㄷㄷㄷ
조각사라는 직업을 우린 대부분 알고 있습니다.

처참하게 낮은 생명력과, 느린 전투 계열 스킬 숙련도 증가. 웬만한 전투 스킬은 익힐 자격도 없고, 어딜 가더라도 무시당하는 직업인 것입니다.

"조각사는 누구나 할 수 있다. 하지만 위드처럼 되진 못할 것이다."

"조각사를 해라. 그다음에는 아무 직업이든 전직해라. 최고의 만족도를 누릴 수 있으리라."

"위드는 가장 성공한 조각사이며, 동시에 잡캐다."

지금 돌아보면 조각사는 폭군이며 전쟁의 신인 위드가 그나마 날뛰지 못하게 만든 일종의 안전장치였습니다.

그 위드가… 방금 모라타에서 전사로 전직했습니다.

무슨 의미인지 잘 모르시겠다고요?

조각사 마스터했으니 전사가 될 수도 있는 거 아니냐고요?

전사 위드.

아직 느낌 안 옵니까?

곧바로 댓글이 어마어마하게 달렸다.

-진심이냐. 위드 님이 전사가 되었다고?
-길게 썼지만 줄여서 네 글자면 되네. 전사 위드.

-전사 위드. 와, 개무섭다.

-미쳤다. 끝났다.

-드래곤 토막 날 듯.

-6개월쯤 전에, 가까운 곳에서 따라다니면서 위드 님 싸우는 거 본 적 있습니다. 그 광경이 다시 떠오르네요.

-오, 윗분. 레벨 높으신 듯.

-예전 글에 레벨 450짜리 갑옷 인증도 하셨음.

-위드 님 전투 설명 좀요! 근데 영상으로 흔히 볼 수 있는 거잖아요.

-아닙니다. 방송이나 영상에 나온 건 진짜 일부분이고, 가까이에서 보면 차원이 다름. 자세한 설명은 절대 불가능하지만 그래도 최대한 말해 봄. 그냥 날아다니는 수준이 아니고, 번쩍번쩍하고 끝장내면서… 뭔가 쉬지 않고 움직임. 전투가 빠르게 진행되는 게 아니라, 해일이 밀려오는데 거기에 같이 쓸려 가면서 사냥을 하는 정도? 아무 생각도 안 나고 그냥 바쁘게 무조건 움직여야 되는데… 그냥 말도 안 되게 빠름. 어느 순간 내가 예전에 했던 건 사냥이 아니라는 걸 깨닫고 좌절.

-위드 님이랑 파티 사냥하면 그렇게 힘들다는데… 사실인 듯.

-랭커들도 피 토하고 도망친다는 전설이 있음.

-예전이 그나마 약한 조각사였거나 뒷짐 지고 따라다니는 네크로맨서였죠.

-전사는… 그래도 적응 기간이 필요할 거라 생각됨. 전사의 전

투 방식은 조각사랑은 확실히 차이가 남.

　－무슨 말씀임? 위드 님이 잠깐 전사 했던 적도 있잖아요.

　－아니, 그게 언제요?

　－사막의 대제왕 시절. 팔로스 제국 건국하며 대륙 씹어 먹던 시절요.

　－덜덜덜…….

　－끝. 났. 다.

　－헤르메스 길드 도망쳤답니다.

　－로열 로드 생태계 파괴됨.

　－바드레이 머리 박고 있는 중.

TO BE CONTINUED

200평 초대형 24시 만화방

- 수면실 (침대식) ── 사우나석
- 다인석 ── 샤워실
- 세탁기 ── 신간100%

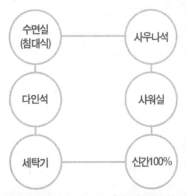

🔖 수원 인계동점

- 나혜석거리
- 농협
- CGV
- 수원시청역 ⑧
- 무비 사거리
- 홍콩반점
- 홈플러스
- 소주한잔 건물 24시 만화방 3F

TEL : 031-226-3771
수원시 팔달구 인계동 1041-11 3층 24시 만화방

🔖 의정부점

- 의정부역 ④ ⑤
- 흥선지하도
- ◀서울방향
- 진성약국
- 던킨도넛츠
- 24시 만화방 3F

TEL : 031-856-3971
경기도 의정부시 의정부동 197-13 3층

🔖 주안점

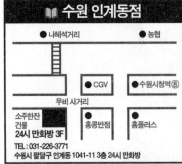

- 주안 남부역
- ◀제물포
- 민병철 어학원
- 간석동▶
- 25시 만화방 6F

TEL : 032-426-2871
인천광역시 주안남부역 지하상가 4번 출구 GS25시 건물 6층

🔖 안양점

- 안양역
- 육교
- ◀관악역
- 명학역▶
- 농협
- 24시 만화방 2F
- 안양일번가

TEL : 031-466-3771
경기도 안양시 안양동 674-163 죠이당구장건물 2층